遙遠的公路

once upon a highway so long

舒國治／文字・攝影

李安推薦序

舒國治在寫這些美國遊記文章時，我與他和幾位朋友都在紐約同一地方厮混。我們都很佩服他能以《時報》副刊這麼一點稿費，跑這麼多地方，這麼久，書寫出那麼多別緻的情趣。我們仰望舒哥閒雲野鶴的氣質。

他寫的都不是什麼了不起的大事，但總能自辛苦不便的旅途中蒸餾出不凡的意境，從微不足道的雜物中道出個所以然。尤其是一些名不見經傳的小處，甚或是夜間荒野，在他筆下尤見精彩。我想，必須是中文底子好，情懷濃的人才能寫出新大陸這樣的深意吧！舒國治以他極獨特不凡的文字，自風情人物的描繪引導我們分享他的內中心境。誠屬可貴。

美國曾經是普世價值及流行文化的中心，地大物博，人文薈萃，令無數年輕人心儀嚮往。而今重讀舒哥遊記，想想美國現在這德行，不禁懷念昔日純真之種種。

自序

我的美國

一九九八年，長榮航空與《聯合文學》辦了第一屆「長榮寰宇文學獎」（也是唯一的一屆），我寫了一篇東西投去。後來得了獎，也就是這本書的第一篇〈遙遠的公路〉。

我當時或許有不少材料可以取來下筆，但我心中隱隱萌生著一個計劃，就是：什麼時候我要把我美國的胡亂遊歷寫它一點出來！

我有七年的時間待在美國。一九八三至一九九〇。這七年說來慚愧，啥事也沒幹，整天胡思亂想。真是不知如何是好！既沒有潛心工作，也沒有研求學問，甚至也不知先鑽進一個職業的巢穴窩著混一口飯算是好歹稱得上「幹活了」那麼樣的對自己與對社會交代了。都沒有。

於是我發展出往外間遊歷這種看似是行萬里路、增廣見聞，卻骨子裏或許還是逃避的一個幌子。就這麼開車上路了。

這種旅行，充滿了泛看，充滿了經過，不斷的經過。於是，最終必定是沒有用的。

但沒辦法。你不可能細看。它一直在流逝，一直教你又錯過了。不久，再錯過了。

我應該停下來。有的地方多探一下。最好多做一點研討。但我沒有。偶也想該如何如何，但多半還是算了，就走吧。

有些地方，有看來很了不起的博物館，值得進去瀏覽。但多半我不會進去。有的名人故居，應該有豐富的內容，我也沒有進去。

我無意入內探究。

我總是選擇繼續上路。

我不會在某個停留點或哪個古鎮投注太多時間。我不會待太久就要放棄它。

但泛看多了，其實是遠處的細看。這種如同不經意的從車窗投出去的目光，竟能看出不少東西。往往一個小鎮的氣場，從車上看去已能知道。甚至自這一、兩條街上已大約察覺百姓的些許埋怨。太多的小鎮是如此的寂寞，這是通景；但眼前的這個，比二十里前的那個，比三十五里前另一個，都更開朗友善多矣。雖只是車行泛看，真就能知道。

山水也能泛看得知。地景也是。

美國於我，不怎麼有窮山惡水的念頭。那些沙漠化的地方，荒蕪冷清的地方，礦空人去的鬼城，皆有奇特的美感，皆是汽車匆匆走經的好過場，皆是眼睛樂見的趣味。

因為開車，哪裏皆不會太過介意。美國之於我，是太多的通過、滑過、經過的累積。也是一團朦朧的諸多風景。

這些很沒計畫的、很零星遊來看來的車窗景致，我終於可能會寫下一點東西。但寫成什麼樣呢？

我在五十、六十、七十年代的台灣瀏覽過太多國人寫的美國書文，他們的書，太多講典章、講制度、講歷史、講工業，甚至也講文學電影，但我一展書，多半看不下去。為什麼？我不知道。

但也可能隱隱知道。竊想，如我寫美國，該寫些什麼呢？

我以我那粗淺的美國歷史知識，不甚了然的美國地理，完全隔膜美國民主政治哲學，加上少少的少年翻讀來的美國文學，再和成百上千部的好萊塢電影，童時少年聽過的美國音樂，於是就如此的開始貼近這個真實的美國。哇，這美國，其實還真不陌生呢！

我很想寫一篇長的散文，把約略我要微微點到的美國寫在裏面，是的，長的散文。

就像我不時還在想寫一篇長的散文，把我對於吃飯之見解，寫在裏面。然後讀者一讀，好多的東西，都讀進去了。

同樣的，我也想寫一篇長散文，把我對於打拳之心得，都融在這一篇東西裏。

總之，就成了這篇〈遙遠的公路〉。

若說美國旅行，最令我獲得豐富的是什麼？我會說是那種地形構成的奇美；它必須要大，然後在這大當中涵蘊那些山與河、平原與樹林等等所間架交織成的大地而散發出的顏色、氣味、光暈等，它們會自然飄進你的嗅覺裏，會自然在你眼睛前移來移去。那種神奇，你必須在四時交換下親身體會。

目次

遙遠的公路

once upon
a highway so long

遙遠的公路

透過擋風玻璃，人的眼睛看著一逕單調的筆直公路無休無盡。偶爾瞧一眼上方的後視鏡，也偶爾側看一眼左方的超車。耳朵裏是各方汽車奔滑於大地的聲浪，多半時候，嗡嗡穩定；若轟隆巨響，則近處有成隊卡車通過。

每隔一陣，會出現路牌，「DEER CROSSING」（有鹿穿過），「ROAD NARROWS」（路徑變窄），這一類，只受人眨看一眼。在懷俄明州，遠處路牌隱約有些蔽翳，先由寬銀幕似的擋風玻璃接收進來，進入愈來愈近的眼簾，才發現牌上滿是子彈孔，隨即飛過車頂，幾秒鐘後再由後視鏡這小型銀幕裏漸漸變小，直至消逝。

在Arizona停車，是一件找樹蔭的工程。否則引擎依然涼不下來，而人依然在烤。在Nevada、Missouri睡午覺所收容的蒼蠅，要到Kansas的Dodge City才能散放乾淨。在Texas Panhandle突遇午後暴雨，雨刷竟來不及刷，只好停在路旁。路旁是半砂礫半泥之地，十五分鐘後，輪胎的下層橡膠已然看不見，開始有點體會美國flood之可能意思。

在猶他州原野看到的彩虹大到令人激動，完美的半圓，虹柱直插入地裏。大自然對驅車者偶一的酬賞。四十號州際公路近德州Amarillo路旁，十輛各年份的凱迪拉克車排成一列頭朝下，也斜插在地裏，當然，也是為了博驅車者匆匆一覷。

Nebraska草原遠處不時見到灰黑圈形物事隱隱在動，當然，那是龍捲風。有人說某小鎮颳起龍捲風，次日在七十五哩外的另一小鎮找到一張原放在此鎮銀行抽屜的兑過支票。這類故事極多。Colorado的閃電，那種低空橫移的長形光波曲線，隔著汽車擋風玻璃這種天然寬銀幕看去，既驚悚又美到不可方物，遙想一百多年前西部牛仔趕牛深夜遇閃電而致牛群驚竄，據當時描寫，電光在長角牛的牛角上波形移動，自這條牛移至那條牛，並且同時電光也在牛仔帽沿呈圓形移動，那種千鈞一髮的美感，那種全黑大地上一閃即逝的光條，令人說不出的嚮往。

當午後大雨下得你整個人在車上這隨時推移卻又全然不知移動了多少的小小空間完全被籠鎖的灰暗摸索而行幾小時後，人的思緒被沖滌得空然單淨。幾十分鐘後，雨停了，發現自己竟身處蒙塔拿龐然大山之中，那份壯闊雄奇，與各處山稜後透來的黃澄澄光芒，令你心搖神奪，令你覺得應該找點什麼來喟歎它。這種景光，我突然有衝動想要對著遠山抽一根菸。那年，我已戒了好一陣子菸了。

八百哩後，或是十二天後，往往到了另一片截然不同的境地。距離，或是時間，都能把你帶到那裏。景也變成風化地台了，植物也粗澀了，甚至公路上被碾死的動物也不同了。

Monument Valley 出現在車窗外。

空荒與奇景，來了又走了。只是無休無盡的過眼而已。過多的空荒挾帶著偶一的奇景，是為公路長途的恒有韻律，亦譬似人生萬事的一逕史實。當停止下來，回頭看去，空空莽莽，惟有留下里程錶上累積的幾千哩幾萬哩。

西行，每天總有一段時光，眼睛必須直對夕陽，教人難耐。然日薄崦嵫的公路及山野，又最令人有一股不可言說之「西部的呼喚」。此刻的光暈及氣溫教人癱軟，慫恿人想要回家，雖然我沒有家。我想找一個城鎮去進入。這個城鎮最好自山崗上已能俯見它的燈火。

經過了荒山，經過了原野長路，在夜幕方垂之時，人若正巧在高處山崗俯見下方市鎮的燈火滿佈，何等的風塵意況，是「征程」二字的本意，經過它，千山萬水，你終究抵達了某地。是溫暖即將來臨；是原本的微飢現下更形激烈，專等下一刻即有熱餐；是突然間血脈賁張、眼亮腰直、要再加一把力便可人車擱平、徹底舒出一口長氣的目的地。這種城，像 Albuquerque。這種公路，像 Route 66。進入這鎮時候的音樂，像 Tom Waits 的 In the Neighborhood。我喜歡那種感覺；在許多荒涼之後的繁華，像是酬答艱辛的獎賞。雖然我並不奔赴那鎮。我只是不斷找鎮去離開。我奔赴，並沒有受詞。

蒙塔拿州的 Butte 像是典型的 Dashiell Hammett 偵探小說的罪惡西部小城。也是汽車經過長旅後最喜進入的「氛圍」之城。

Butte整個是一個高起的山城，附近皆是挖空採枯的礦。城市雖早沒落、滄桑，但房子最好看、最有駁雜的風格。

匹茲堡是個地形跌宕雄奇萬千的舊日城市，非常適合一個多年前曾經待過一、兩天卻還沒怎麼搞熟的外地客多年後又開車進入的一種城市。

因為它的山丘、河流、橋樑、涵洞、盤旋道路等等造成它的城景豐富與它的格局如迷宮般的令人不易一眼看盡。

以銅礦發跡，如今礦空人去的Butte, Montana。昔年的大宅子仍雄偉。也是偵探小說家Dashiell Hammett塑造的Poisonville鎮的原型地。

Clyde, Ohio 要從尼加拉瀑布遊完，原本心中全是轟轟隆隆向西走著走著，一不留神的就進了這個安靜極矣的休伍·安德森寫Winesburg, Ohio 的真實場景。

Cincinnati 要從南邊的肯塔基州的可溫屯（Covington）向北跨鐵橋，渡過被 Jefferson 稱為「舉世最美的河流」的 Ohio 河，如此進入。這個角度的 Cincinnati 最是風華絕代，不愧這句名號「Queen City of the West」。

北卡羅萊納州的 Asheville，要從東面慢慢進入，自 I-40 高上低下的逐漸靠近這個山城，只覺這藍嶺（Blue Ridge）山脈的厚大胸膛正隨著你的爬高竄低而起起伏伏。

長期的公路煙塵撞擊後，在華燈初上的城鎮，這時全世界最舒服的角落竟是一個老形制的booth（卡座）。如果這booth恰恰在一家古老的diner（食堂）裏，而桌上裝餐紙的鐵盒是Art Deco線條、鍍銀、又抓起來沉甸甸的，咖啡杯是粉色或奶黃色的厚口瓷器，那麼這塊小型天堂是多麼的令人不想匆匆離去。即使吃的也必只是那些重複又重複的漢堡、咖啡、hash brown（碎炒馬鈴薯）、omelette（烘蛋）、chicken soup（雞絲與麵條燉湯）等。

夏夜很美，餐館外停的車一部部開走，大夥終歸是要往回家的路上而去。而我正在思索今夜宿於何處。

我打算睡在這小鎮的自己車上。睡車，或為省下八塊半或十二元的住店錢，或為了不甘願將剛剛興動的一天路途感觸就這麼受到motel白色床單的貿然蒙蔽，或為了小鎮小村的隨處靠泊遊移及漫漫良夜的隨興徜徉的那份悠閒自在，都可能。但睡汽車也有其苦惱；Dodge City的居民會在三十公尺外的家中撥動窗簾監視我的車子動靜，二十分鐘後仍然通知了警察來請我走。Huntsville（Alabama）選的地點已經極佳了，但夜深如此竟然還有高跟鞋聲一步步貼近我車，再走向車後方樹叢，原來是一女子至樹叢後撒尿。老實說，這種音效是有一些恐怖感的。很顯然，我自認停得不錯之地點——打烊的空手道館及花店——仍料不到附近有一家開到很晚的俱樂部。在多樹的城鎮，像Charlottesville（Virginia），車頂的鐵皮上不時有東西爬動，也令人提心吊膽，雖然只不過是松鼠之類的動物。

在Oxford（Mississippi）東找西找，竊想在密大（U. Miss.）的校園中應最安全了，然駛進沒多久，便隱隱覺得後有一車在跟，跟了一陣，發現後方有警燈開始閃，而我聽見他車中的外方打進來的無線電聲音中傳出我的車牌號碼及車主的名字，接著當然我便慢慢停下，接受他盤查、建議，並且離開。

睡車，最好是挑選居民停好車後鑰匙並不拔出的那種小鎮，像佛芒州的Woodstock。而不是挑選蒙塔那州的Butte那種downtown，像是充滿能單手捲紙菸的昔日漢子的城市。睡車，其實真正的好處，是忘掉趕路。有時每天只走八十到一百哩，並且不是向前直線的走，而是繞圈圈走。到了晚上八、九點鐘，睡覺還太早，我通常去看一場電影。看完後，夜漸深了，路上人也少了，先到trunk裏取出枕頭與毯子，丟進後座，再輕輕開到早已看好的夜宿位置，駛近時，熄大燈，滑行幾十呎，停定，熄小燈，熄火，隨即人從前座爬至後座，便能睡了。連開門、關門都不用被周遭看到。南方有些禁酒小鎮如阿拉巴馬州的Scottsboro看來也很適合睡車，只是人睡到一半，突然音樂聲吶喊聲大作，並且強光四射，原來是週六夜青少年正在「遊車河」(cruising)。

長途行旅之後的一場觀影，是特殊的一種爽。不只因為前者太枯調而後者太刺激、前者太遠隔而後者太凝注，也因為前者太真實、太腳踏地土太廣見芸芸愚茫眾生而後者太虛幻太胡意妄想太多浪漫出色的另一番愚茫作亂行徑。而這整個便是美國；就像難以吞嚥的漢堡與Coke仍然可以化成極具吸引力的畫面故事之廣大魔幻現場。

現實中的美國，一如電影或廣告片中的美國，已然可以深深的麻醉人了，用不用大麻、迷幻藥、古柯鹼都不重要了。小鎮裏或大城裏食堂中的人在吃飯，每個人慢慢地舉叉子把食物放進嘴裏，安安靜靜，伴著永遠有的easy listening永恒音樂——它永恒存在，不管在超級市場、百貨公司、飛機場——就這麼一口來一口去，吃著嚼著，再抹一下嘴角，喝著咖啡或可樂，不時他們抬起頭來，茫茫看往無所視的空處。你若盯著看他們的眼睛，他們的無所注焦眼睛不得不讓你確信，他們已麻醉了（stoned）。被他們的周遭，被他們的活命方式，被他們安詳有條充滿理由的完美社會。

每隔一陣子，也會下榻motel。這時自有線電視（cable）上可以看到老片，像卡萊·葛倫演的《His Girl Friday》與凱瑟琳·赫本演的《Desk Set》會被安排成同天放映。假如今晚播映Billy Wilder的《Double Indemnity》或Raoul Walsh的《White Heat》，或Robert Aldrich的《Kiss Me Deadly》，或George Marshall的《The Blue Dahlia》這類所謂film noir（黑色電影），我馬上知道，今晚不用睡了。四、五十年代的黑白片，愛德華·魯賓遜（Edward G. Robinson）、詹姆斯·賈克奈（James Cagney）、亞倫·賴德（Alan Ladd）等這些遠去的人物與城市，公寓樓梯，百葉窗，及窗內的人影，街角停著的汽車，是最佳的睡夢前的美國。

夜晚，有時提供一種極其簡約、空寂的開車氛圍，車燈投射所及，是為公路，其餘兩旁皆成為想像，你永遠不確知它是什麼。這種氛圍持續一陣子後，人的心思有一襲清澈，如同整個大地皆開放給你，開放給無邊際的遐思。有些毫不相干的人生往事或是毫無來由的幻想在這空隙迸了出來。美國之夜，遼遼的遠古曠野。當清晨五點進入吐桑（Tucson, Arizona）或聖塔非（Santa Fe, New Mexico）這樣的高原古城，空蕩蕩的，如同你是亙古第一個來到這城的人，這是非常奇妙的感覺。

奧勒岡州的Talent鎮。收了很多漂亮老車的junk yard。

千山萬嶺驅車，當要風塵僕僕抵達一地，這一地，最好不是大城，像紐約。乃紐約太像終點。你進入紐約，像是之後不該再去哪裏；倘若還要登程，那麼在格林尼契村、在中央公園、在上西城、在華盛頓高地、在Murray Hill、在Astor Place都會變得不知如何處置，不知是要盤桓還是匆匆擦身過眼。紐約這個我前前後後待過共兩年的大城，當接下來的五年開始以汽車碰擊公路煙塵後竟不怎麼能夠玩它使它了；甚至不怎麼喜歡它了。路上有人穿著Hard Rock Café的T shirt，我會覺得不耐。至於在MacDougal街或Bleecker街的咖啡店我會坐不住，只想買一杯Dunkin Donuts的紙杯咖啡帶走。紐約，最好像是駛車經過時，忽瞥見一黑色銅像的手上被綁了一個黃色的氣球，或是再過了兩條街又見一個嬉皮在郵局的鐵管上乒乒乓乓拍打，節奏有如自設計精巧的鼓所打出來一般，然後，他們便愈來愈遠的消失在你車子的後方了的那種城市。

小鎮小村，方是美國的本色。小鎮小村也正好是汽車緩緩穿巡、悄然輕聲走過、粗看一眼的最佳尺寸。通往法院廣場（courthouse square）的鎮上主街，不管它原本就叫 Main Street，或叫 Washington Street，或叫 Central Avenue，常就是美國公路貫穿的那條幹道。

為了多看一眼或多沾一絲這鎮的風致，常特意在此加點汽油，既要加油，索性找一個老派的油站，一邊自老型的油泵中注油，一邊和老板寒暄兩句，順便問出哪家小館可以一試之類的情報。一、兩分鐘的閒話往往得到珍貴驚喜。他說這裏沒啥特別，但向前十多哩，有本州最好的豬排三明治；「擲一小石之遠」（"just a stone's throw"）他的用字），有最好的南瓜派……街尾那家老藥房有最好的奶昔，我小時每次吃完，整個星期都在企盼週末快快到來……你不妨下榻前面五哩處那家motel，當年約翰．韋恩在此拍片就住過……

那個豬排三明治的確好吃，南瓜派我沒試，老藥房的老櫃台如今不見任何一個小孩，倒有稀落的三兩老人坐著，像是已坐了三十年沒動，我叫了奶昔也叫了咖啡。咖啡還可以，奶昔我沒喝完。記憶中的童年總是溢美些的。

我繼續驅車前行，當晚「下榻」在一百多哩外另一中型城鎮裏的自己車上。

GALENA
HWY 2
TROUBLESOME CR
CAMP GROUND 10MI
SAN JUAN
CAMP GROUNDS 12MI

這些三明治或是有故事的motel，我仍嘗過許多，但加油站那一、兩分鐘搭談所蘊含的美國民風民土往往有更發人情懷的力道。譬如說，美國人有他自有的歷史意趣，說什麼「約翰．韋恩當年……」說什麼「小時候我……」即使不甚久遠，他也嘆說得遙天遠地。

或許美國真是太大了，任何物事、任何情境都像是隔得太遠。

當無窮無盡的公路馳行後，偶爾心血來潮扭開收音機，想隨意收取一些聲音。幾個似曾相識的音符流灑出來，聽著聽著，剎那間，我整個人懾迷住了，這曲子是Sleepwalk，一九五九年Santo & Johnny的吉他演奏曲。我幾乎是渴盼它被播放出來一樣的聆聽它，如癡如醉。我曾多麼熟悉它，然有二十年不曾聽到了，這短短的兩、三分鐘我享受我和它多年後之重逢。

這些音符集合而成的意義，變成我所經驗過的歷史的片斷，令我竟不能去忽略似的。

而這些片斷歷史，卻是要在孤靜封閉的荒遠行旅中悄悄溢出，讓你毫無戒備的全身全心地接收，方使你整個人為之擊垮。於是，這是公路。我似在追尋全然未知的遙遠，卻又不可測的觸摸原有的左近熟悉。

西雅圖向東一小時的村鎮。或是Twin Peaks的故事點附近。

偶我也會自己哼起歌來，令不知是否已太久沒機會發出話語的喉嚨也得以震盪出些許聲音。先是隨口唱個幾句：

I know where I'm going
I know who's going with me
I know who I love
But my dear knows who I'll marry.

歌詞不能盡記了，便又跳接上別的歌，

I'm a rolling stone, all alone and lost
For a life of sin, I have paid the cost
When I pass by, all the people say

There goes another boy, on the lost highway.

又接上別的歌，如烏迪・軋綏（Woody Guthrie; 1912-1967）的

Ramblin‘round your city
Ramblin‘round your town
I never see a friend I know
I go ramblin‘around.

緊接著，自然而然跳到

Sometimes I live in the country
Sometimes I live in town
Sometimes I have a great notion

To jump into the water and drown.

唱著唱著，竟也頗得抒發幽懷。而出乎我自己意外，這些個歌，大多是曲調最粗簡的老民歌，而不是我少年時最著迷的搖滾。甚至連Good-bye, Old Paint或Streets of Laredo或Red River Valley等西部歌也受我不斷的哼吟。委實有趣。莫非人愈是深入荒蕪單調而致心無所繫、心無所戒，愈是不自禁會流露出童子軍年代的自己所最深浸之最初喜好？

在這寬廣的地方，美國，我連口味也漸平淡了，竟也偶覺Bill Monroe的blue grass音樂甚是好聽。即食物，亦甘於粗吃，doughnut

與稀薄如水的咖啡也常入腹中。並且當時不曾意識及之，多年後，離開了美國，才驀然念及。

史蒂芬．福斯特（Stephen Foster, 1826-1864）的歌詞真是太美，我是說，即使是中文的譯詞，「夏天太陽——照耀我肯塔基鄉……」夏天太陽四字，怎用得如此好！我幾十年來偶一哼到，總是驚嘆不已。多好的起頭，多好的意象，多簡的用字，可又是多亘永的期盼。

有時一段筆直長路，全無阻隔，大平原（The Great Plains，如愛荷華，內布拉斯加，南達科打）上的風呼呼地吹，使我的車行顯得逆滯。為了節省一些車力，遂鑽進一排貨櫃車的後面，讓前車的巨型身體替我遮擋風速。當前行的五、六輛貨櫃車皆要超越另一部慢速車——如一輛老夫婦駕駛的露營車（RV）——時，你會看到每一輛貨櫃皆會先打上好一陣左方向燈，接著很方正地、很遲鈍地、很不慌不忙地進入內車道，超過了那輛慢車，再打上一陣右方向燈，再進入外車道。就這樣，一輛完成，另一輛也完全如此，接著第三輛、第四輛、第五輛，然後是我，我於是也不自禁地很方正的、很不慌不忙地，打燈、換道、超前、再打燈、然後換回原道。完成換道後，我聽到前行的貨櫃車響了兩下喇叭，又看到駕駛的左手伸出在左後視鏡前比了一比，像是說：「Good job!」我感到有一絲受寵若驚；他們竟然把我列入車隊中的一員。

再美好的相聚，也有賦離的一刻。這樣的途程持續兩、三個小時，終於他們要撤離了。這時我前面的貨櫃車又很早打起右燈，並且在轉出時，按了兩聲喇叭，如同道別；我立然加上一點速度，與他們平行一段，也按了兩聲喇叭，做為道別，以及，道謝。

大型卡車，所謂「十八輪兒」（eighteen wheeler），是公路汪洋上的巨艦，常在公路上成艦隊形式，要超過它們全數，需費極長時間。

卡車司機們配備周全，CB radio、手勢、喇叭符號、車隊禮儀等，構成卡車文化。

十九世紀美國的馬，到了二十世紀變成汽車。十九世紀的牛仔，在二十世紀變成卡車司機（trucker）。當年西部沙龍前栓著成排的馬，如今的卡車驛站（truck stop）外亦是成排的停著轟轟隆隆、引擎不息的大卡車。卡車司機戴牛仔帽、蹬馬靴，穿打釘子的西部襯衫，繫大鐵環皮帶，一切全如牛仔。並且他們的屁股長期貼在駕駛坐墊上，於是下車走路，極奇怪狀。這就像常坐鞍上的牛仔，下了馬，以羅圈腿邁步，真讓人捏把汗。

美國的汽車文化之無限制發展、之自然翱翔、之野意不文，在在欠著西部騎士一份人情。他們說，如果美國人的浴室門夠大，他會把車開進去上廁所。這就是西部牛仔驅馬衝入沙龍搖擺門的一脈承襲。

美國人的動作，是汽車動作。汽車是美國全體大眾的必備玩具。

演員勞勃．瑞福的眼神與回身環視，是久用汽車習瞥後視鏡的機警動作；烏迪．艾倫則沒有。乃前者開車，後者不。

開車所訓練出的登路警惕，亦是美國自有的通情。有這樣的笑話：一個老太婆聽說，根據統計大多的美國車禍發生在離家五哩之內的範圍，哇，不囉嗦，第二天就搬到離家二十哩外的地方了。

在Lafayette的Alamo Motel中。沒事挖鼻屎，挖了一陣子，留在手上，因為一直沒看見垃圾筒。就走了兩步，把它丟進馬桶內。再回到床舖上繼續看電視。過了幾小時，去撒尿，看見馬桶內有一塊像拇指一般大的灰白色東西。異常驚訝，這是什麼怪東西，難道從馬桶洞裏鑽出來？

過了一下，才恍然大悟，脫口道：「Jeez！」

在US 90上，經過路易西安那州的某個鎮，黃昏時，正逢大雨，有一黑人小男孩站在門廊前向前院撒尿。他有對於雨這種天然東西的先天的自發反應。

Cross country中，我碰過兩隻烏龜，正要爬過公路，一次是一九八六年的Kansas，一次是這次在密西西比州由南向北走Natchez Trace Parkway。第一次我經驗不足，雖然遠遠已見到牠在爬，但沒有閃過，把牠壓死了。心裏不好過。第二次，我看見牠，動作很小，像是偷偷地移動。我先望前方，看有否來車，再看後視鏡，看後面有無快車衝來，皆沒有，我這才從容地一閃而過，沒聽見喀啦一聲，再回望，牠也沒有扁。我知道牠活了。

窄窄一條公路，對牠而言，搞不好也是一次cross country，很不容易如此登上一回路呢。

巴士，啊，我其實喜歡它多於汽車。自高處向外向遠看，以那種你無法控制的速度，你無需預知的停留定點去看待景物。車中的共乘人們，不時給你騷擾，但也不時給你娛樂。灰狗巴士上你見不到西裝革履、神色匆忙的有事之人，有的是老婦、幼童、棄子、流浪漢等。有時三、兩個年輕入伍的軍人揹著綠色軍用帆布袋往車後廂移動，頓時一股遠行的旅愁油然生出。一個老太婆坐在位上，說她要去Little Rock（Arkansas）探視她的妹妹。鄰座的黑人在看海明威的《妾似朝陽又照君》（*The Sun Also Rises*），而我在睡覺。一段昏天黑地的公路行駛後，他全身蜷扭的睡著了，我卻醒了。他的書歪躺在我腿邊。我開始取來看。人生可能便是這樣；這書有幾頁我特別有印象，而我是在這麼奇特的狀況下看來的。

不管開車、不管選路、只顧歪身倚窗的乘車之旅，睡睡醒醒、醒來睜眼又環顧窗外的乘車之旅，固然是灰狗的獨有情調，然風景二字，其實未必見著。一來它走大路（走Interstate公路）。二來你太快就碰上它走夜路；往往一班車接個不對，白天所看盡是平鋪無奇，即要來的風景，卻已是漆黑一片。三來你太容易在車上昏睡，往往黑夜也睡、白天也睡。這是灰狗這艘大艦自然的力量。

灰狗車站。又一個灰狗車站。我已在這種車站停過太多太多的等待時光。兩百或三百個小時。見過太多不知要往何處去的過客。我看著他們，他們看著別人或我。譬似我們都是無處可去的遊晃者或甚至是無處不可去的隨遇皆安之人。

一排排候車椅上安設的一排排黑白電視機，是最最堅固的畫面美國。打開它，只消投一個二毛五。

灰狗車站的最大爽處，是那種對前程未知卻又四、五條路線橫你面前由你自選的「遠走高飛」之感。有的流落路途之人，在Des Moines錯過了西向的巴士，原或要往Salt Lake City或是往Truckee，這一下臨時變計，索性向南，登上往Houston的車。車站裏空蕩傳出的播音，老式唱名的那種聲腔，一個接著一個的英文地名，San Antonio，Sonora，Van Horn，El Paso，Las Cruces，Truth or Consequences，Albuquerque，Santa Fe，Raton，Pueblo，Colorado Springs，一個接著一個，在在召喚著你，你聽著這些或熟悉或生疏的音節，既感到自由遼闊，又微微覺著茫然。

美國最有意思的遊看，是看它的聚落之選址。也就是，這個鎮、這個村為什麼出現在這裏。然後它為什麼只有八百人大或兩千人大？因為再過去就是山、再過去就是河、再過去就是森林。能適宜人用的，就是現在你看到的那麼大的幅員！

於是它的墓園，就永遠是那麼大。Harrisville, N. H. 的墓園在一塊突出於河流的尖尖半島上，美極了，同時也天成。

Vermont 州的 Woodstock，被稱為美國最理想的小鎮，但也只能那麼大，因為新英格蘭的山水總是相對險峻崢嶸，平曠之地有限，也於是 Woodstock 東面不遠處就有 Quechee Gorge，它被稱為佛芒州的「大峽谷」。

便是這種「選址」，形成了太多的小村小鎮。也就是，甲鎮既已滿了（哪怕只是幾十人），我何不在山的另一面建造一個乙鎮（哪怕一開始只是一戶人家）。這難道不是我們在西部電影看到的景象？而真實的美國，如此廣大的土地處處流露出人們形成聚落的完整痕跡，也敷陳出其中的美學。而我，一部車開著便能幾乎盡收眼底。這簡直太絕了。

我在路上已然太久，抵達一個地點，接著又離開它，下一處究竟是哪裏。

這是一個我自幼時自少年一直認同的老式正派價值施放的遼闊大場景，是Ward Bond、Robert Ryan、Sterling Hayden、Harry Dean Stanton等即使是硬裏子性格演員也極顯偉岸人生的闖蕩原野，是Sherwood Anderson、Nelson Algren、Raymond Carver文字中雖簡略兩、三筆卻繪括出既細膩又刻板單調的美國生活原貌之受我無限嚮往的荒寥如黑白片攝影之遠方老家。老舊的卡車，頹倒的柵欄，歪斜孤立的穀倉，直之又直不見尾盡的highway（公路）與蜿蜒起伏的byway

（小路），我竟然毫不以之為異地，竟然覺得熟稔之至。而今，我一大片一大片的驅車經過。

河流中，人們垂釣鱒魚，而孩子在河灣中游泳。一幢又一幢的柔軟安適的木造房子，被建在樹林之後，人們無聲無息的住在裏面，直到老年。樹林與木屋，最最美國的象徵。許多城鎮皆自封為"Tree City, USA"。如Ann Arbor，如Nebraska City。太多的地名叫Springfield，叫Woodstock，叫Mount Vernon，叫Bowling Green。太多的街名叫Poplar，叫Cherry，叫Pine，叫Sycamore。而我繼續驅車經過。美國小孩都像是在tree house（樹屋）中遊戲長大，坐著黃色的學童巴士上學。長大後，女孩子都像Doris Day，而男孩子都像

James Dean。簷下門廊（front porch）是家人閒坐聊天並茫然看向街路的恬靜場所，這習慣必定自拓荒以來便即一逕。每家的信箱，可以離房子幾十步，箱上的小旗，有的降下，有的升起，顯示郵差來過或還沒。無數無數的這類家園，你隨時從空氣中嗅到草坪剛剛割過的青澀草香氣，飄進你持續前行的汽車裏。

啊，美國。電影《意興車手》（*Easy Rider*）中的傑克・尼可遜感歎的說：「這曾經是真他媽的多好的一個國家。（This used to be a helluva good country.）」

如今這個國家看來有點臃腫，彷彿他們休耕了太長時間。愛荷華畫家Grant Wood（1891-1942）所繪American Gothic中手握草叉的鄉下老先生老太太，不在農莊了，反而出現在市鎮的大型商場（shopping mall），慢慢蕩著步子，兩眼茫然直視，耳中是easy listening音樂（美國發明出來獻給全世界的麻醉劑），永遠響著。坐下來吃東西時，舉叉入口，咬著嚼著，既安靜又沒有表情。光陰像是靜止著的。這個自由的國家，人們自由的服膺某種便利、及講求交換的價值。家中的藥品總是放在浴室鏡櫃後，廚房刀叉總是放在一定的抽屜裏，每家一樣。冰箱裏總放著Arm & Hammer Baking Soda（「手臂與鎯頭」牌的烘烤用蘇打粉——用來吸附臭味），每家一樣。

而我，驅車經過。

山谷森林外圍會出現的木造建築。西雅圖東郊。

累了。這裏有一片小林子，停車進去走一走。樹和樹之間的地面上有些小花細草，伸放著它們自由自在少受人擾的細細身軀。不知道在哪本嬉皮式的雜書上看過一句話：「如果你一腳踩得下六朵雛菊，你知道夏天已經到了。」

停在密西西比河邊，這地方叫Natchez-Under-the-Hill，沒啥事，撿了一塊小石，打它幾個「飛漂」，然後再呆站一、兩分鐘，又回返車子，開走。

常常幾千哩奔馳下來，只是發現自己停歇在一處荒棄的所在。

一波起伏的丘岡層層過了，不久又是一波。再不久，又是一波，令我愈來愈感心魂癡蕩，我不禁隨時等待。難道像衝浪者一直等待那最渾圓不盡的浪管；難道像飽薰大麻者等待Jimi Hendrix下一段吉他音符如鬼魅般再次流出？

我到底在幹嘛？我真要這樣窮幽極荒嗎？

在路上太久之後，很多的過往經驗變得極遠。它像是一種歷劫歸來，這個劫其實只有五星期，然再看到自己家門，覺得像是三十年不曾回來一般。

在路上太久之後，很多的過往經驗變得極遠。好些食物，後來再吃到，感覺像幾十年沒嘗過般的驚喜。抵西雅圖後在朋友家吃了一顆牛奶糖，幾令我憶起兒時一樣的泫然欲淚。

在路上太久之後，很多的過往經驗變得極遠。我在車上剪指甲，這裏是佛芒州的Norwich，突然想，上次剪指甲是何地？是Charlottesville？是Durham？抑是Oxford？

有些印象竟然很相似。今天中午進入一個小餐館，竟覺得像以前來過；一樣的長條吧檯，一樣的成排靠窗卡座，收帳檯背後的照片擺設竟然也一樣，甚至通抵這餐館的街道也一樣。但跟哪一家餐館相像？卻說不上來。我只知道，這個鎮我從來沒來過。

八百哩後，或是十二天後，往往到了另一片截然不同的境地。

三十個八百哩之後，或是三十次十二天之後，景色、植物或是碾死的動物最後全都不見了，剩下的只是一股——一股朦朧。好像說，汽車的嗡嗡不息引擎轉動聲。

（一九九八年九月六日《聯合報》刊）

Oregon的海岸公路。

其他

once upon
a highway so long

過河

密蘇里州的聖路易在密西西比河以西，河以東，叫做東聖路易（East St. Louis），卻已屬伊利諾州。住在聖路易的人若想看脫衣舞，必須過河到隔州的東聖路易。

俄亥俄州的辛辛那提（Cincinnati）的住民，同理，若想赴這類GO GO GIRLS的酒吧，也可以向南跨過俄亥俄州到肯塔基州的「可溫屯」Covington得享這種節目。

美國河流多，並且多的是大河，河的這岸與河的那岸往往差別極大。河此岸若有文雅，則河的彼岸常有低俗，如此，方得成其「交通」兩字。像「聖路易」這字，加上一個「東」，敏於美國事故的人，便能得其意趣之約略偏向。主演《*Down by Law*》電影的歌手 Tom Waits，喜用「公路車站」（bus depot）、「月曆女郎」（calendar girl）等浪跡意象來貫串其歌詞，便極愛用 East St. Louis 這種地名。還有一個城，正可以和東聖路易對仗，便是西孟斐斯（West Memphis），它在阿肯梭州，隔著密西西比河與河東岸田納西州的孟斐斯（Memphis）相對。

紐奧良也濱密西西比河，河對岸的 Algiers，紐城人也稱「西岸」（West Bank），便被電影《*No Mercy*》用作追蹤謀殺案件的場景。主角 Richard Gere 曾見線索女郎 Kim Basinger 肩上有刺青（tattoo），於是他過河到 Algiers 的某個低下區去遍找刺青紋身的店。除開聖路易與辛辛那提的河我過過，也確知它們有脫衣舞酒吧外，Algiers 正巧我也去過，但紋身店卻並沒有看到，然而與紐奧良的繁華明亮相比之下，Algiers 委實符合「河彼岸」那種荒疏低落的典型意義。

德州的南部邊境上的小城拉瑞多 Laredo，是傳統牛仔歌 Streets of Laredo 發生的場景。也濱臨一條河，大河，Rio Grande。跨過河，是為新拉瑞多（Nuevo Laredo），已在墨西哥邊境。通常一個字號加上一個「新」字，應該比較後生，但此處不然，英國小說家 Graham Greene 說得好，「兒子看起來比爸爸老」。

數年前，寫《蚊子海岸》的小說家Paul Theroux搭乘Amtrak火車直到不能再往下開的終端，也就是Laredo，那時是雨夜，他問計程車司機此城何以像荒廢死城，悄無一人；司機回說去了Nuevo Laredo那個「男兒之城」（Boys' Town）。並說那裏的妓女總數達一千人。的確如此，入夜之後，Laredo悄悄溜進了Nuevo Laredo，那裏有酒吧、夜總會、妓院，統統只隔一條河，所費時間僅十分鐘，卻已是另一個國度，語言上，政體上，以及人性上的。

另一個德州邊境上的大城，愛爾帕索（El Paso），也濱Rio Grande。河對岸是墨西哥的第五大城，華瑞茲市（Ciudad Juarez），人口有一百五十萬。從華瑞茲市跨河到愛爾帕索，不只是單純的渡河而已，是美墨兩國長達二千哩邊界線上最大的非法入境的口道。也於是這趟過河，是與家人說再見，是要以身試法，是要奔往北國（el norte）那處「洞天福地」（promised land）的斷然壯舉。然而這件壯舉，既不是乘車過橋，也不是乘船或游水過河，是人用腳涉水走過這條「大河」（Rio Grande）的。有的人不願將下半身弄濕，甚至可以僱人將自己揹或抱過去，這種揹人來賺錢的，也是一份職業，他們叫「驢子」（burro）。

Rio Grande，多偉大的一條河，多雄壯的名字，但在此處的水淺到幾乎無意要做一條天然邊界似的。

入境後被抓，自然遣送回墨西哥。單單這被抓的人數，整條美墨國界上一年約有一百萬，可見非法入境的人有多少。

人的處境不堪，才會去跋山涉水、越界過橋。奧勒岡州的最大城波特蘭（Portland），北邊有哥倫比亞河，西邊有委拉米特河（Willamette River）流經。波特蘭的西端是Burnside區，有一些低級旅社，專供窮光蛋或流浪漢住宿。從Burnside向西，過委拉米特河到對岸，要走供火車行駛的「鋼橋」（steal Bridge）。走這種鋼橋的人，當然是慣於跳貨運火車的hobo（流浪漢），他們到河對岸去睡在freeway高架水泥路的下方。何以然？他們連河東岸的Burnside區的低級旅社那幾塊錢都付不起。

紐約曼哈頓（Manhattan），是真正的紐約市（The City），也被兩條河包夾，東有East River，西有哈德遜河（Hudson River）。

過河，在曼哈頓，最具有強烈典型的不同意義，也就是勢利。不過河，意味著養尊處優，過河，意味著有所不堪。因此曼哈頓人發展出一個字B and T來，B and T是Bridge and Tunnel的短稱，專指那些每天倚賴橋樑與隧道過河通勤的來自西邊紐澤西與東邊布魯克林、皇后區，奔忙不已到曼哈頓謀一口飯、住郊外便宜區的碌碌大眾。

（一九八九年二月十八日《中時晚報》刊）

Columbia 河將近波特蘭之前的一個停點。下車晃一晃，不想太快衝進波特蘭。

不安定的謀職就是最好的旅行

某一個夏天的週末晚上，我經過迢迢遠路驅車抵達奧勒岡州的美得福（Medford）鎮，下榻一家有一百多個房間卻收費只要十元的老式過氣的大型旅館。那時是晚上十點，這小鎮大多數的店面皆已關閉，我正四下找不到吃東西的館子，踟躕在鎮上最主要的馬路上找尋主意時，卻見幾十輛各型汽車（老式轎車、農莊卡車、新型進口汽車、敞蓬吉普）在這條要道上穿梭往來。每輛車上坐的通常是三或四個青少年，亮開著燈，照耀在這條已經沉睡的幹道（恰好是九十九號公路），口中大聲呼叫，就這樣亮相揚聲而過。開過這段街道後，再重新繞回，又來一次。有時他們會停下來，人站在車邊，看著路上另外的車陣遊經或其他停在路邊的車與人。這些年輕人有男有女，男多女少，都是高中生的年紀，大約自不同的鄰近地區而來，沒有看起來像太保的人（當然美得福是全美有名的犯罪率極低的安詳小城），大多生得是純樸土實的鄉下孩子模樣，似乎不願在週末晚上太早就寢，就這樣，在這沒有夜生活的小鄉鎮上，自行權且在這條街上找取他們的夜生活。於是九十九號公路是他們的派對地點、他們的狹長形營地，車燈是他們的營火，別的來往展示車輛與人群是他們可資觀賞的餘興節目，大呼小叫怪聲胡吼是他們的打招呼方式與除了汽車中音響外的唯一音樂。

我一邊看店面找尋充饑，一邊看街想忘掉腹饑。十分鐘後，進入一家蕭條酒吧，吧檯邊佈列了三、四個老漢。我很容易地叫了一杯生啤酒，又很不容易地叫了一條熱狗，不，冷狗。一個小時後，我自酒吧出來，街上適才的青春氣息，像我吃的熱狗一樣，早已冷了。

這種少年的尋樂與行樂方式，在紐約、芝加哥、三藩市等大城是看不到的；倒並非大城中的孩子有許多地方去（事實上他們也頗少現身於夜間街頭，加以二十一歲以下不能買酒），而是他們心靈上已經歷了很多去處，又被繁榮熱鬧所包圍，比較沒有從野地僻鄉出來的吶喊需要。

而美得福這些孩子，經過了這種寂寥日子後，當有朝一日能往外地上大學或工作，大約是絕對不會放棄的。這種在街上大聲怪叫以求發洩的歲月，老實說是不堪擁有太久的，馬上他們就要尋找或許更等而下之的尋取自由之法。就像我次日晚上停在尤京（Eugene）這奧勒岡大學所在地見到的年輕大學生一樣，半夜一、兩點鐘仍在綠樹濃蔭下的嬉皮風格的木造房子咖啡店天井裏閒蕩逗留，或者漫不經心地抽菸，或玩弄桌上的火柴，或這裏看看那裏瞟瞟，百無聊賴一籌莫展，但就是不願回家。他們幾乎是紐約包厘街（Bowery St.）那些醉鬼的青春天真之雛形。他們已經開始上路了。

胡蕩並不能給他們自由，還得有另一些自由才成。於是他們離開學校後（不管是畢業或沒有念完），開始做事賺錢，這樣便理應更可以過到自在的日子了；然而未必。做什麼事？實在沒太多事需要他們去做。因為這是美國，美國是一個只要少數人工作整個國家便能轉動的一處土地。假如他們不是這些「少數人」，那麼幸運地說，他們可以自由遊蕩；不幸運地說，他們說不得要受些無聊空泛之苦。當然，即使沒做上什麼重要工作或有趣的事，他們仍然或多或少能有個工作，不管是一時的或長時的。

就這樣，他們開始旅行了。下班前與下班後這兩者之間差異的旅行，辭掉原先工作與開始新的工作兩者的之間旅行，工作時心上變化的旅行，下工後在家在車上在外間消閒場合時心靈變化的旅行。便因這些個旅行，你可以在美國大陸的任何一處角落隨時看到這種奔動不定、人浮於景、甚至人浮於心的旅行景觀。他們都有工作，也可能有時極忙，但你看來他們是失業。他們都有家，也吃也睡，但你看來他們像無家可歸。

上禮拜到你家登門請求你為社區即將興建的藝術雕柱捐款的年輕人，你今天在某家咖啡館看到他正在做服務生。而原來的服務生你過幾天不意在一處街口看見他正在做木匠。那個有點姿色的Safeway算帳小姐每次你買菜她都對你笑，你只覺得面熟卻不知為什麼，直到你又一次去一家跳舞場時才想起她就是去年元旦晚上全場跳得最凶最好的那個女郎。

他們當然要去跳舞，也是要去換工作，也要不時地改變打扮，甚至要把與朋友一同上一家餐廳吃飯當成大事，不如此，便不能達成旅行的效果；而不旅行，人生便不好混了。

也因此你從不會覺得美國各處場合中他們問你How are you doing?時你會感到厭煩。你要學習不但不煩，並且要樂意冒出妙語新句：「Oh, getting better with the weather.」一個銀行櫃檯員每天站著料理排隊客人的錙銖瑣事，你看著覺著可憐，但隊伍輪到你時，切不可對她說：「你每天這樣站著做這麼多辛苦事，真太難為你了。」她生命中注定不堪的漂泊天機，不宜由你一語道破。

她便不站在銀行櫃檯後，也要站在另外的地方。

這站是站定了。總要有人去站的，這就是美國的理論；什麼工作都有做的人。

這個地方張三辭掉了工作，自然有李四來做。而張三新任職的公司，很可能是李四從前辭掉的地方。我接做你不要的工作，就跟買人家穿舊的衣服、買簽過名的舊書一樣，完全不會有不聖潔的感覺。美國是不來這大套的國家。大家換著做這做那，你來我往，總算能給這國家稱得上一份平衡。

倘若美國算得上地大物富，生命力積聚極為雄厚，那麼便同時就有不少的人要去消耗這些生命能源。紐約的地下鐵中有多少西裝革履的人每天忙著做事，也同時在地上就有相當的閒人、退休老太太從容地正在上下公共汽車。你站在摩天大樓的辦公室中，在最忙碌時把眼看窗外，下方的公園中必是最安詳的無所事事之人打瞌睡一幕場景。這便是平衡，也是美國還沒有瘋狂的一個理由。

你即使有固定滿意的工作，你只要在美國，仍然是在「不安定的謀職」中；因為你談失業、談救濟金、談經濟不景氣、看街上醉鬼、與遊蕩漢討飯人擦身而過，這些生活情調將你陷設在好像你也是其中一份子。為什麼，因為你喜歡旅行，或是說，你不介意旅行的可能性。也於是突然有一天你被裁員裁掉了，你壓根兒就不覺震驚，因為你可以開始一償旅行之宿願了。還有，等你退休時，也是另一趟旅程之開端。

旅行是什麼？再沒有比美國人更清楚了，就是變換地方。什麼人最有資格旅行？便是一直覺得沒有待在最佳地方的那類人。於是他們動不動就鑽進自己的汽車裏，從這裏晃到那裏，你透過車窗看他們的神情，又漠然又失落。離開汽車，便走向電視機，他們快速地轉台，以便快速地換地方旅行。大學生多愛揹背包，卻不是走在森林或山巔，是走在櫥窗滿佈的鬧街之上，他們在都市中跋涉，即使這樣的旅行，不宜放過。「定下來」（Settle down）這句話有太多太多的機會被美國人說到，這旅行的命還當再需持續一陣子呢？

跑堂們的三叉口

紐約市皇后區（Queens）的傑克遜崗（Jackson Heights），以羅斯福路（Roosevelt Ave.）與七十四街兩條道路之交會點為其市集中心，主要在於它是地鐵的一個大站，許多線的地車在此接駁換車。正因方便，這裏雖然陰暗混濁、人雜車舊，卻也熱鬧非凡。

我稱這羅斯福路與七十四街的交會點為Waiters' Junction（跑堂們的三叉口）。

每天早上九點半，你可以看見幾十個分成好幾批，每一批約有十來個中國人，有男有女，有青年也有中年，手上拿著剛買的麵包或油紙杯咖啡，在地鐵的高架下走來走去。他們是男跑堂、女跑堂、大廚、炒鍋、油鍋、抓碼的、洗碗的、調酒的、收銀的、帶位的等。中國人居多，也有少數的韓國餐館業者。

跑堂們有的已穿上黑褲子（白襯衫或到店裏才換，蝴蝶領結更不用說），女孩子已把頭髮紮起來或盤在頂上，這樣一會兒進餐館立刻就能上工。廚房人員倒穿得隨便些，著上跑鞋，穿牛仔褲，嘴銜香菸，手插在夾克口袋裏，冷天時脖子縮著，天不冷時脖子也不見得挺起。就這麼望望這裏，看看那裏。這些人每一批約有十來個，專等著一輛 van（小型客車）來載他們往紐約市郊（如長島、Westchester

郡）的高級中國餐館去打工。各個餐館有各自集合的街角，卻都相隔不遠。有的打工者原先在另一餐館工作過，便不妨踱過來與從前的同事聊聊，問問生意情況；女孩子則問這條裙子在哪裏買的之類。打工者跳槽跳得頻繁，所以今天張三站在這個街角等紅色的van，上星期他卻在另個街角等一輛藍色的van，他坐不同的車到不同的館子去，做的仍是相差無幾的工，端的仍是陳皮牛或蘑菇雞片。

各餐館的van總在早上十點以前開離這「跑堂們的三叉口」，有的上了LIE（Long Island Expressway，長島高速公路），有的過了「跨三區大橋」（Triborough Bridge）。奔上本州100號公路。車上的收音機多半調定在Easy listening的台上不動，十多個人坐在車上，也不動，既不像在聽音樂，也不像在看窗外的景。有時在某一剎那中，全車的人看來像安靜得有點命運（前途）迷茫的味況，如同坐在一輛送往前線的運兵車一樣。四五十分鐘後抵達市郊的餐館，總之要能在十一點前開門營業。

晚上十點半鐘（週末則十一點半），同樣的交通車又載著同樣的人馬，回返這「跑堂們的三叉口」，從此，有的乘地鐵、有的步行、各自回家。有時且不忙回家，張三約李四喝一杯咖啡，吃一個doughnut，聊天發牢騷。你要是在傑克遜崗附近的二十四小時營業的doughnut店中聽過鄰桌大談餐館經的，應該極屬尋常。再就是某甲偕同某乙一起去韓國馬殺雞店，也可在此站搭乘E、F地鐵快車殺去曼哈頓（近年傑克遜崗也開了這種店）。有的喜歡眼餐秀色、脣嘗杜康的，則赴脱衣舞酒吧，這則近處就有。

皇后區中國人多，大多紐約市民又不便有車，這使得「三叉口」發揮了它最大的集散功能，讓無數的人工，有身份的或沒有身份的，經由這「三叉口」，早集晚散，謀一口飯。

（一九九一年八月十日《中時晚報》刊）

小村小鎮的主街，是車行滑經的最佳路線。你非常想要這一家或那一家的停下細看，但往往只是透過車窗靜靜看著它離你漸漸遠去。這是維吉尼亞州的Charlottesville。

南方日記

一九八七，五月二十四日，Natchez, Miss.

那切日（Natchez），南方最幽藏的一塊寶石，有好幾百幢南北戰爭前的古宅（像《亂世佳人》）仍舊保存良好。驅車緩緩的看，實在迷人，主要是「老年代」教人著迷，教人舒服，教人軟化，教人下午眼睛幾要瞇起，睏了。這些古宅，如有名的Linden，如Dunleith，如Monmouth，皆在崗坡上，與崗崖下臨河（密西西比河）的所謂「山下那切日」（Natchez-Under-the-Hill）截然不同。富貧不同，安危也不同。

十九世紀的Natchez-Under-the-Hill，有如舊金山的Barbary Coast，充滿著酒鬼與賭徒，只是一濱河，一臨海而已。

停一夜於「湖南樓」（先是避雨，停車喝一杯咖啡，結果交談甚歡）。星期天，恰巧鎮中有一個作者簽名的儀式及festival，但放錄音帶音樂，而非現場演唱（與前一天在Baton Rouge的Fest for All不一樣）。

下午到鎮中心逛一下，又去河邊，Natchez-Under-the-Hill，有一酒館Mark Twain Guest House內中高朋滿座。後來據湖南樓的女侍Ivette告訴我，此地無甚娛樂，居民就只是週末喝酒至幾乎天明。而她從芝加哥來此三年，當我問她為何選這樣一個老鎮（又沒有大學，又沒有其他什麼事業特別值得她千里迢迢來做），她說，她喜歡騎馬，此地有的家族有夠大的地，也有馬，她恰巧認識這樣的人，所以先是來訪，後來一住就住了三年。

騎馬？我——嗯，不知道，Ivette是白人，生得亦不難看，我私自揣想，一個少女千里迢迢到了南方深鄉，為的必然只是一事，愛，不可能還有別的，至少電影與小說必定那麼編。

五月二十五日，Natchez Trace & Mathiston, Miss.

星期一，仍在Memorial Day的長週末假裏，早上在「湖南樓」吃了buffet，中午上路，當然是Natchez Trace Parkway，因為地圖上標示它是「風景路線」。然而走上一段後，才知所謂風景，只是乾淨的樹林與剪得很好的草皮長伴兩旁，一種公園景觀之路，但安靜與極少車子的路況是其可供人冥想之優點。一對男女驅車在此路上，不論是談大事或是吵那一逕吵不完的架，在這路上可能是最好的。你像是有用不完的時間與隱秘。

路兩旁，隨處有野餐桌，或小塘，或草地可供人歇腿，可以停下來大小便。但加油站很少（幾乎沒有），似乎要到市鎮才有。

我在Jackson停下來（Trace在此被切斷），在US80上一個很大的County Market停下車，看了一下肉、菜、雞的價錢。買了一個Dannon的Yogurt來吃。再上US80向東想去Jackson State University，但沒找到，結果到了Rankin County，停在一家Western Sizzlin Steak House，喝咖啡，冷卻車，並記下這些。

Mathiston不知是否和Oneonta一樣，是相同的緯度，而跨越這緯度，對我來說，似乎不容易。

離Jackson，又上Trace Parkway，一切順利，路很好走，又沒車在後面趕你，但到了下午的後半段，我有點開開停停的味道。我有點不想趕路；每天若只走八十哩、一百哩也很好。

到了傍晚，我在雨中開車，路兩邊只是黑森森的樹林，乍的看見有一處出口有燈光，像是有個加油站附設小店的味況，而車子一閃而過。心想，是否要回頭，停一停，避些雨，喝杯咖啡什麼的。心中一邊想，一邊找地方來 U turn，然沒什麼缺口，我於是開進路右邊大片草地的 shoulder 上，想用大一點角度來 U turn。結果進去，就出不來了。草下的泥地太軟了。一直加油，而輪子只是打滑。我想，糟了。

我將後座一大堆紐奧良的報紙取出鋪在後輪後面，再試，仍舊不行。開門去看，報紙被打到後面老遠。雨下得狂大，我且熄火，坐在車中跟自己說，冷靜，這算不了什麼。

坐了十五分鐘，實在有點煩了，決定冒著雨，跑到五十呎外的樹林子裏，折樹枝，來鋪在輪子後面。真去做了。全身濕透，四個輪子都鋪好（我用的是我粗淺童子軍的本能），想想馬上就要上路，汗衫濕透在身上不是辦法，於是以鑰匙打開trunk，找了一件襯衫，拉出來，馬上把trunk闔上（為了不讓雨進去），迅速鑽進前座，脫下汗衫，然後用毛巾把上身擦了一下，換上襯衫。一切就緒，準備一口氣離開這困境。就在這時，發現找不到鑰匙了，先是找口袋，竟然沒有。再找椅墊上，也找不到。這一下我急了，難道在trunk裏？完了，搞不好在trunk裏。再從褲子口袋找起，又一次，包括椅子下方，仍然沒有。我說了一句話：「Oh, God.」

坐了五分鐘不到，我決定呼救。站在公路上才一分鐘，有一輛車駛來，我招手，他看到我，隨即車上有閃轉的紅、藍燈光亮起，原來是警察。他先要看我的駕照，又問我是否單獨一人。我說是。他還不忘往林子裏稍稍張望。後來他說，有人打電話報警，所以他們過來。好傢伙，美國路人真是警覺。他們一男一女，是Park Rangers（公園巡警）。他們用車上電話叫了拖車來。往後便是拖車司機和我兩人的一段短短旅程。拖車人叫Leon Hester，把我的車從Trace上拖到他住的鎮，大約十哩路，也就是Mathiston。在他的修車店，我們準備要找我的鑰匙。怎麼找呢？先把後座椅子拆下來，便是鐵皮的隔板，板上有些圓孔，以手電筒照進去，他說：「你看。」果然在trunk的淩亂中，躺著那副鑰匙。他媽的，真在鬼使神差的千分之一秒裏我把它擱在那裏，而我竟一點印象都沒有。然後用一條長鐵條，把trunk後處的鑰匙鉤過來，大功告成。

當晚，我接受Park Ranger那警察之建議，住在當地唯一的一家motel，Mathiston Motel。一進門，居然又是一個印度人，和在Oneonta的旅店一樣，甚至和一路上太多城鎮（包括新墨西哥州）的motel一樣，聞得到一股焚香的怪味。並且Mathiston也是dry，人民不喝酒。一如往常，既住店，當然猛看電視，有一個James Cagney演的海軍片子，裏頭用旁白的方式來解說，故日本軍人講日本話，效果也很真。這種旁白方式不錯。

五月二十六日，Oxford, Miss.

中午十一時離店，到處看了一下，只有八百多人的小鎮，又有什麼可看呢？便北上往牛津而去。

Oxford，不愧是福克納的洞天福地，格局有點味道。他的宅子Rowan Oak，過了下午四點，已關閉。只好次日再來。

先在Square Books這書店樓上的咖啡店，坐了一下，繼而在鎮上逛了起來。這個Faulkner所謂的「郵票一般小的土鄉土村」（“little postage stamp of native soil”），究竟有些什麼。主要是法院廣場（courthouse square），很南方縣城的典型，或說美國小鎮典型。圍繞廣場四邊的街道，便是鎮民生活的中心。這裏有Neilson's百貨公司，有First National Bank，由福克納的祖父創立，於一九一〇年；還有Gathright-Reed藥房，福克納買菸絲及翻翻雜誌的地方。

廣場稍東，有墓園，St. Peter's Cemetery，當然福克納也葬於此。天色漸暗，也無心去逛，只想著晚上住在何處。

決定到大學去試一下運氣，看能否住到免費的一宿。我在Student Union中碰到一個叫Lee的馬來西亞華僑，密大的undergraduate學生，他看起來很謹慎的樣子，父母管教很好的小孩，皮膚油油的，戴一副眼鏡，典型的廣東華僑新式商業教育下的子弟。他學finance。這點和Baton Rouge招待我住了兩晚的Philip三人所學是一樣。這個Lee告訴我睡在campus裏面停車場中是安全的（因為我說打算睡車上）。

便找了一個bar，The Gin，在裏面吃飯並喝啤酒，寫一點東西，打算混到晚一點才去找地點睡覺。鄰桌兩個又像學生又像剛入社會的年輕人聊著聊著便與我聊在一道，半個小時後竟然他們連黑人只知偷懶消耗政府資源的論調也都說了出來，可知南方的歧見仍頗深。

十一點多，在campus繞來繞去，看不到有什麼車停在dorm前面，這使我頗納悶，繼續繞，突然有一輛警車跟在我後面，我靠邊，有一女警下車，她一邊走近我，一邊我聽到她身上的無線電傳出我車牌號碼及車主的名字，由另外的警察自電腦中查出後告訴她的。

她看了我的駕照後，稍解釋一番說學校所有的dorm都關閉了，你要逛是可以，只怕沒什麼逛頭之類。既如此，我決定離開campus，去鎮上找地方睡。東開西開，又開出鎮中心，到了一個shopping center的停車場。暫且停下，準備想出一個點子什麼的，但我的枕頭毯子早已取出放在後座，就順勢躺到後座，心想，到底哪裏是理想地方。這樣躺著，竟然半個小時中沒有什麼人到此停車，也沒有人到我旁邊的三輛車中來取車。只有遠處的Hardee's好像仍在有drive through的服務（這正好提供一種安全，並且此地的燈光很明亮開朗）。便這樣，我慢慢地睡去。一覺起來，已是八點四十分。

五月二十七日，Oxford, Miss.

在鎮上胡蕩。再去福克納故居Rowan Oak，小林子可愛。房子也還好；做為你遐想一位心儀的作家之居處，可說頗有氣質，倘再加上熟記的文句，映照在此屋宇，便或甚有意思；倘若只是乍看這間宅邸，想它多人聚居似嫌不夠，招待賓客開派對也不軒敞，這一來，頓覺寒傖了。

五月二十八日，Corinth, Miss.

北行，至田納西州的孟斐斯，舊遊地也，又是大城，cross country

（橫跨美國）的旅程中最不喜途經大城，乃最不易有一瞥而大略盡收之趣。

抵Peabody Hotel，大廳稍逛，很想找一銅皮碑刻，三年前依稀看過（抑是我記錯？），謂「密西西比三角洲始於Vicksburg的Catfish Row而止於孟斐斯的Peabody Hotel的大廳」。然沒找到。

下午買了B. Traven的《碧血金沙》原著小說，自Mid America舊書店，在Highland Ave.。

走上US72向東，出城不久，在一處被攔下，每輛車被要求看駕照，其中警察看我的駕照時間最短。可能他們要抓的人絕不是東方人，或絕不是維吉尼亞州的車牌之類。總之，什麼事我完全不知道。

US72向東的路是rolls，rolls of Hills。在某處看見一個sign，是STAY AWAKE，不久又是一個同樣形式的sign，是READ SIGNS。

到達Corinth, Miss.又是一個dry鎮。我本打算看一場電影，再睡車子或住店或繼續走，但電影只演一場，七點十五分，而我抵影院時，已是八點五分。只好不看這部《*Platoon*》了。票價三元五角，還公道。

我又進了一家Hardee's，結果一問，竟是開二十四小時，心中一爽，一來睡覺在附近應沒問題，二來可以看書寫東西。

有三個年輕又漂亮的媽媽，各帶了她們的小孩，先在Hardee's室內吃飯，吃完，三家到室外去玩滑梯之類的小孩遊樂場。小孩玩時，三個媽媽並排坐在一起聊天，有趣的畫面，到底是南方。她們又年輕、又漂亮，像是當年一塊兒是同學，如今俱各成家，但何妨同帶孩子出來一聚。

南方的店在你付完錢後說的道別、道謝的話是You come back或Come back and see us。南方售霜淇淋的地方叫soft serve。

五月二十九日，Huntsville, Ala.

早上自車中醒來，仍舊走US72向東。一路仍是一滾一滾的山丘，過密西西比州，自是阿拉巴馬州。在Florence，停得比較久，差點去看電影。中午的公園有人唱像CCR那種白人藍領藍調搖滾，不少人帶著午餐在此處邊吃邊聽。下午五時半，抵Athens，坐在Dub's Burgers，漢堡做得極好吃、極嫩，肥腴的感覺教人幾要認為是豬肉做的。逛街時看到另一家店叫Dobb's。這名字正好跟昨天在Memphis買的《*The Treasure of the Sierra Madre*》裏的主人翁同名。此地，Athens，並不太小，但仍然是禁酒。乾鎮與濕鎮硬是在外表上看起來就不同。安靜與安全。

傍晚抵Huntsville，這是舊識地。我打算睡在此城裏，不夜行。但我也想看一場電影之後再研究睡覺之事。

我正好停在US72與Jordan Lane交界之處（須知我在Jordan Lane上待過整整一個月，小月，二十八天，二月）。買了一份報紙，有一個影院以一點五元放映Lethal Weapon，問了路正好也不遠。這家影院叫Alabama Pitcher Show，是一家你進場前要查I. D.而裏頭要賣酒的，你可以坐在位子上，位子前有小檯子可放食物與酒，還有菸灰缸，供你抽菸，菸灰缸下壓著menu，還有waitress走來走去服務。這種戲院真在美國不多見。它的隔壁廳是Comedy Club，門票費是五元。

晚上，我睡在一家花店的停車場中，由它的三輛白色 van 擋在我車前，又安全、又隱秘。但這是經過十多哩開車找旅店、有的客滿、有的漲價，找了三家之後，一氣之下，仍睡車上。

五月三十日，三十一日，Scottsboro, Ala.

停此，為了逛南方最古老、貨物最古舊的市集，所謂 First Monday Trade（每月第一個星期一的跳蚤市場）。

六月一日，Chattanooga, Tenn.

我坐在車上，頗睏，看著窗外，想著以下的故事。

中國人，或學生、或勞工階級，開著舊車。炎陽當頭，甚至在爬坡時烈日刺眼。他很不適應一大段 one way，及 stop sign，彎來轉去之後，找到一個停車位。好不容易把車停好時，正在搖上車窗，有一穿紅色夏威夷衫的黑人經過他的車前伸手與他打招呼。這黑人往他車前三個車位距離處另外一輛開著車門的卡車走去，卡車裏原一直坐著一個黑人似乎從後視鏡很早就看見這個停車的中國人及走來的熟識紅襯衫黑人。

中國人停好車，向卡車的反方向走，正好在街角有一個騎馬巡邏的黑人警察在巡走，他見了中國人，也不知怎麼，或許是心血來潮，坐在馬上問了他幾句話。突然他見到後方有兩個黑人鬼鬼祟祟，便高坐在馬上揚聲：Hey, You! 後面的黑人一聽，叫了一句：The Chink，馬上就一個拔腿奔跑、另一個開動車子溜了。騎警策馬稍跑了兩步就不追了。

接著便是這個中國人被誤認告密，遭一幫販毒的黑人追殺的南方城鎮（如 Chattanooga）中的故事。

停在 Cleveland 只是冷車與略事休息。看了一家中國館子叫「明宮」，進來坐下順便吃飯。這城也禁酒，但你能買啤酒，只是沒酒吧這種公共serve酒的場所。「明宮」與「湖南樓」一樣，也準備找另外的地方去換開一家更能賺錢的餐館。並且兩家的老板都在後面炒菜、老板娘都從大陸的廣東來美、都在前面接待客人，她們都說：「至少好過跟人家打工。」可見開不是很賺錢的館子仍舊賺得比打工還多些。

六月二日，Gatlinburg, Tenn.

下午從Gatlinburg出發，向南走US441公路，為了不要太晚抵Dillsboro的AYH，連Cherokee這個有名的印第安城都沒停。但中間穿越Great Smokies國家公園時，有幾個瞭望台是必須下來看一眼山景的。這個山，中文應叫「大煙霞山」。結果Dillsboro的AYH根本沒有開，這與Pigeon Forge的AYH已出售及Gatlinburg的AYH只有四人（昨夜、包括我）的情況同樣顯示旅遊景氣不怎麼好（照說應該客滿、天氣已經很熱了）。Dillsboro的AYH很難找，找到了，是砂礫路，並且很陡。於是到附近的Sylva（已是北卡羅萊那州）停下，看了一場《*Beverly Hills Cop II*》，打算看完找地方睡車上。因此地去Asheville雖只有四十多哩，但Asheville是大城，找地方睡會車比較複雜。

在Gatlinburg住AYH時遇見一個San Diego來的美國少年，才十九歲，曾經坐在董浩雲的「海上大學」到過台灣。他去過許多地方，包括莫斯科。他從加州開車出來，因此許多路線與我稍同，例如他也住Flagstaff（「大峽谷」的大門）的AYH，知道住店者在樓下吃東西打九折。他也去了德州，也去了Houston，所以他看過Don't Mess with Texas（「別跟德州胡來」）及Drive Friendly這兩種路上標示。

最重要的，他說，他也睡車。這激起我的興趣，同時剎那間療補了我的寂寞。哇，這麼遼遠的大地終於有人也同我一樣在夜幕深籠下靜悄悄而又孤單單的在天地之間只為放下七尺之軀而尋覓一方角落卻又每夜不同！

我問他都選什麼樣的地方來停車睡覺；他似乎沒有什麼憂慮，對地點的憂慮。他只是把車一停就睡了。當然，他絕對有選取對的地方的概念及某種自然的經驗。老實說，現在我找地方已可以完全不用擔心並且絕對能找到好spot。好spot指不受到危險、不受到居民的疑詢、不受到警察的干涉、不太受到附近嘈雜的交通之騷擾。

（二〇〇六年八月號《聯合文學》刊）

傑西・詹姆斯的密蘇里

傑西・詹姆斯（Jesse James）的劫盜故事，自南北戰爭打完一直到現在，流傳了一百多年。他的行劫方式，幫中兄弟姓啥名誰，所經地域路途，被劫的火車、銀行地點及模樣等等，盡皆有跡可尋，至今仍歷歷在繪，提供了一幅歷史實頁。但說來微妙，傑西・詹姆斯本人的故事及構成這份故事的他本人性格，卻一直令人框架不出一件歷史實相來，反只能像是傳說中的東西。可以說，傑西在歷史中活生生地製造實情（facts），卻在實事真人中完成了他戲劇或小說角色的任務。

改編傑西．詹姆斯本事為電影或小說的作家們，許多也自然沒去提傑西的想法，只描述他的行動。尤其是電影；電影中的傑西，頭上罩著牛仔帽，臉上總是僕僕風塵，大多時候騎在馬上，這類現身方式使人們不容易知道他走路的姿勢，他臉上喜怒情形，並且每次他講話時也並不說得清楚。最主要的，傑西在他的盜匪生涯中，一逕異常忙碌機動，波盪極大，電影中自然要忙著拍述這些驚心動魄出生入死的行動，而傑西的傳奇性、神話性更因此存留下來了。

在傑西短暫的三十五年生命裏，有十五年是活在劫盜之中，一八六六至一八八一，搶案包括十二家銀行，七次火車，五次驛馬車，盜得的金錢多達五十萬美金，遊劫範圍遠及十一州，當然，打劫中心仍是他的家鄉，密蘇里州。

◆

在傑西．詹姆斯東躲西藏（有人說「神出鬼沒」）的十五年打劫中，有太多的效顰者也相繼上馬開槍，但總是支持不了多久便告落案；惟有傑西一幫人能在風聲緊繫、四面楚歌下，仍舊做得十五年亡命生意。其間有不少徒眾在劫得金銀後分批逃亡時被捕或被殺，也有的在打劫當時受警力及民防隊圍攻下死於亂槍或因馬匹受驚摔下被捕，尤其是一八七六年九月七日在北征明尼蘇達州北田鎮

（Northfield，Minnesota）的「第一國家銀行」（First National Bank）一役時，除傑西與兄長法蘭克受傷逃出外，其餘死的死、捕的捕。被捕的包括他們三個表兄弟，楊格兄弟（Younger brothers）。

傑西行踪的難以掌握，或者說，他的行為難以捉摸，除了他少年時在南軍游擊隊中受習過聲東擊西的戰術之外，主要與他生就的性格有關。他生於一八四七年九月五日，注意九月五日，是屬於處女座，這個生辰特徵與旁人說他「有一張女性的臉、眼睛常眨呀眨的」合參之下，他性格中的神秘害羞色彩或者可以稍稍透露。他身長五呎十吋不到，瘦高架子；但雖有這些史料敘述，即使再伴隨大約五張他傳世的各時期照片（每張模樣相去甚遠，有的光下巴、有的留鬍子），仍讓人無法掌握住他的長相。就算細看他照片中不一的相貌，仍歸結不出他的個性。

或許，他的性格由他的行動來表示。而他的行動——實質上經濟上，雖然是搶錢——在意念上或遊戲（game）觀點上說，竟是最隱秘、孤獨而又遙遠的。

◆

假如你驅車穿越密蘇里，從東端的聖路易，到西端的堪薩斯市（Kansas City，Missoui），走在I-70公路上，整段二五七哩旅途，只需四小時多；然而在一百年前傑西·詹姆斯的時代，即使馬不停蹄、沿途換馬，也需騎上整整一天一夜。是的，馬術與地理的嫻熟，是詹姆斯兄弟賴以吃強盜飯的極大本錢。

傑西和哥哥法蘭克生於克萊郡的基爾尼鄉（Kearny，Clay County），若走I-35公路向南到堪薩斯市，只距十多哩路。在基爾尼與堪薩斯市之間的自由市（Liberty），便是傑西一幫人在一八六六年生平首次搶銀行的地方，被搶的銀行叫「克萊郡儲蓄合作社」（Clay County Savings Association），被搶的數目達六萬元。當地的民防隊循著盜匪的蹄印向西直追到密蘇里河邊，正值二月天的隆冬風雪，只好空手而返。但事實上詹姆斯兄弟並沒西行，他們早就向北回到幾哩外的基爾尼自己家中了。

從堪薩斯市向東走US-24公路，約四十哩之後，可達萊克辛頓（Lexington）。當然，這條路當年未必是詹姆斯等人策馬所踏，他們多半沿著密蘇里河，可即可離地來走。一八六六年的十月，萊克辛頓的Alexander Mitchell & Co.銀行被他們搶走二千現金。

翌年五月，在萊克辛頓向北走本州十三號十哩不到的里奇蒙（Richmond），詹姆斯幫眾又從Hughes & Wasson Bank搶走了四千多元。

一八六九年十二月，傑西與法蘭克決定不帶幫手，只兄弟兩人行動，去搶蓋勒丁（Gallatin）的戴維斯郡儲蓄銀行（Daviess County

Savings Bank）。蓋勒丁在里奇蒙北面沿本州十三號公路五十哩外處。由於他認出某個銀行職員曾是南北戰爭中的北軍軍官，怒火使傑西慌急地開槍殺了這人，忙亂中只搶了七百元現金，奪門而出。而在銀行門外把風的法蘭克早已與鎮民開起了火，當傑西踏上馬蹬，馬驚於四起的槍響，奔跳不止，傑西被震落地面，而一腳還在馬蹬上，被馬拖了達三十呎遠，直到法蘭克回馬來救，終才兩人共騎一馬逃出重圍。而傑西那匹受驚的牝馬，跑沒多遠被鎮民追及，有人在鄉里四處打聽，終於有人指認「可能」是歸基爾尼鄉的傑西．詹姆斯所有。當然詹姆斯一家矢口否認，並且鬧上了報（堪薩斯市時報）。也虧傑西平常在鄉里表現規矩，並且被「南方意識」甚強的同鄉一直視為戰時英雄，總算沒有身繫囹圄。

之後，詹姆斯兄弟益發小心不說，並且自搶銀行擴大營業至搶火車。如此東搶西劫了數年，在風聲最緊的一八七六年的八月，帶了三個楊格兄弟，上了一輛火車，北行三百七十哩，到明尼蘇達州，準備在「楊基家鄉」（Yankee Country）好好撈它一票，這是另外一段故事，日後再表不遲。

一八八一年十一月，傑西與妻子小孩搬到密蘇里州的聖約瑟夫（St. Joseph），仍以他用了兩、三年的假名郝渥（J.D. Howard，另一說 Thomas Howard）行世，過著半退隱的生活。五個月後，被一個遠房表弟，二十一歲的鮑勃．福特（Bob Ford）用一把不久前傑西才交給他的槍（傑西正計劃近日又要做案）從傑西的後腦一槍射過，結束了他三十五年的生命以及十五年的劫盜生涯。而這個他用來隱居的城市，聖約瑟夫，離他的兒時鄉園基爾尼，也不過五十哩遠。

今日的讀者，若從堪薩斯市為中心，東南西北地開車，上述的基爾尼、自由市、萊克辛頓、里奇蒙、蓋勒丁，以及聖約瑟夫，都可以在三、五小時內將之跑遍，其中的銀行，有些或許還有跡可循，甚至傑西．詹姆斯當年在聖約瑟夫Penn St.與十二街上的舊居也可按址找到；但傑西當時對各地山路、小丘、矮林、岔道等地理上之熟悉及活潑使用，或許不但不是我們這個汽車時代的遊客所樂意追索之事，並且也不是現代盜匪所能再繼續享用的古時伎倆了。

（一九八六年一月四日美洲《中報》刊）

路上看美國房子

在公路旅行中，有很多的車窗風景，是美國房子。美國的建築，極有可談，更極有可看。一個個舊時村鎮自車上那樣的經過看去，簡直太賞心悅目又太馳騁想像了。

尤其是十九世紀到二十世紀前段的建築，是人類住得極好卻又常蓋得不那麼故作「恆存千年」的那種「只是給人住的」平民式屋舍，是最好的真實鎮民建築。而太多後來的大建築家像Frank L. Wright、Cass Gilbert、Bernard Meybeg、Richard Morris Hunt……他們雖設計無數的名作，但他們幼時是看這類房子住這類房子長大的。並且很諷刺的，有時他們設計的房子，以我的視角，未必比那些老年代無名的家宅更好。以Oak Park的房子言，Wright的房子那麼多，但比旁邊的老早就存在的「土著宅」，竟然你站在那些宅子前流連更久。

Cass Gilbert在紐約蓋的Woolworth Building，Louis Sullivan在聖路易蓋的Wainwright Building，McKim, Mead & White蓋的Knickerbocker Trust Company何其的宏偉，但那是公共建築。他們自己住的，有可能只是小小的木造house。不，多半也不見得，他們或許在大城市的郊外，會建成「別墅式」的家園，像另一個建築師

Charles Platt，他在芝加哥郊外的 Lake Forest 蓋的 Villa，或是在紐約郊外 Mt. Kisco 的 Woodston 所為。

只是不可能蓋得太豪奢。像 Greene & Greene 兄弟幫產業大亨 David B. Gamble 蓋在洛杉磯郊外 Pasadena 的 Gamble House，或是 Julia Morgan 幫報業大亨赫斯特（William R. Hearst）蓋在中加州 San Simeon 的台灣旅遊團常稱的「赫式古堡」（La Casa Grande）等。或像 McKim, Mead & White 在赫德遜河邊 Poughkeepsie 鎮為 Vanderbilt 蓋的 Vanderbilt Mansion。

但也不可能太過簡略，只是一幢木造兩層樓，僅五、六房間，中型前門門廊，小型後院的那種中產階級平民家宅。

如果是，那這個建築師就更厲害了。如果是，那這幢小小木造house必然有其高明雅緻之處。

當然，一定有這樣的建築師。只是如果他已是名家，多半會把自家蓋成，好比說，像Frank Lloyd Wright為自己及家人蓋的Taliesin（在威斯康辛州的Spring Green）。

Wright生於一八六七年，是中國的孫中山、吳稚暉、黃賓虹同樣的時代。但孫中山等人他們能在中國大地上住上比較建築清亮、光線空氣透爽的房子嗎？先別說是否可以按自己意思或社會上懂建築或過日子觀念之人的意思來建照房子。

但明朝的文徵明、文震亨、馮夢龍（1574～1646）所住的蘇州有多少的好房子、好園林，甚至到清朝的沈三白（1763～1825），在蘇州過日子的品味，也必不差……

然自清中期至民國初年，再到今日，蘇州的建築，或全中國各地的建築，能透露出百姓把日子過得自在、過得簡略中見舒適、甚至在美感上也可以教老外欽羨的那份情景嗎？

我這裏無意說中國沒蓋好、美國蓋得好這個論題。只想說，在美國，車行中看人住的房子，真是好多濃郁的，人在土地上生出房屋的美好感覺。主要是人怎麼想事情、人怎麼活命過日子、人怎麼表露他的美，都可以在房子外頭一瞥就瞥到了。

美國穿城過鎮，沿街走巷，太多房子寓目，幾乎不會想到哪幢房子是建築師的手筆。從沒這個念頭。只會眼裏看到「哪幢是好看的」、「哪幢是怎麼看都順眼的」這種觀念。

也於是，這就是最真實的美學。這就是老百姓的美學。所以一看芝加哥附近Wright設計的房子，馬上知道這是他的房子，而完全忘了去審視這幢房子美不美，忘了先打量這房子本身的外觀。故而有時這類名家的作品，反而使你不去自然地、自發地察看它本我的美醜。

所幸這樣的房子，在整個美國大地上不算多。那些只是住人的、容納家庭的、各式各樣的房子，已經教人目不暇給了，也已經可以想像出極多的小鎮故事了。並且自車窗看去已感到頗能洞悉了，絕不需進到屋內去窺矣。

這就是我們外漢的哲學。只看，不深究。

一條路上看過去，如果是good neighborhood（好社區），往往一幢幢木造二樓或三樓，間插著一些一樓平房，不管是可容納八人十人的大型家庭，或只住一兩人的小房子，皆有一個必然的有機外觀，即：它還是它自己聳立在那廂的大小。就像人一樣，有個子大的，有個子小的，但就是一個人的大小。是一個「一體感」的房子。而不是增建的、延伸的、添補加大的。

就因為這種人味，每一幢房子都有自己的相貌。每一幢都不一樣。但每一幢和另一幢皆有相近的結構與基本的佈局。

但就是每一幢不一樣。這有一點道出了早年每人是按自己想要的樣子而建出來的。尤其是拓荒年代。他們自己砍木自己豎柱架樑蓋出來的。這種「自己要的樣子」，流露在哪怕已是建商成群蓋出來的這整條街上的幾十幢房子裏。

曾經聽過有人說，一九四四年以前的家宅，猶保持老年代的風味。

的確，五六十年代以後蓋的房子，你就能看出工藝已漸粗略。七八十年代蓋的，更隨便了。

或許因為每幢建得不一樣，每幢皆是木頭撐建起來的，令美國house予人一種充滿歡樂、充滿童趣的「玩具感」。不知道會不會是這個原因，我開車繞街穿巷看房子永遠看不膩。莫非每個玩具後面還有更花樣精巧的另個玩具？

當然不只是社區住宅，田野遠處的穀倉、牲畜的廄寮，也多的是好建物。

但住家，最是能留住目光。不知為什麼？或許它也在回看你。譬似它在等著回答你發問。

你看著它，像是已對它說了一聲嗨。輕聲的，幾乎沒動嘴形的。

而它，也或正要回你，只是還不知說些什麼。只能先看著你。再說，你瞬間就又開走了。

有時候，路程二字，意味著一個鎮又一個鎮的經過。

太多的小鎮，典型的美國小鎮，如果它太安靜了，你反而會更加張開眼睛端詳它，心道：「這是怎麼回事？」你甚至希望替它配上聲音，好比說，用導演約翰，休斯頓的唸白來吟誦海明威的〈殺人者〉（The Killers）一小段，作為這些畫面的旁白。

有些小鎮太粗獷，或是太荒涼了，甚至差幾是鬼城了，也能假想配旁白。也讓休斯頓唸，唸 Dashiell Hammett（1894～1961）的小說。

赫德遜河沿岸的古村，很適合華盛頓．歐文的《李伯大夢》的文章片段，由奧遜．威爾斯來唸，也會是最好的旁白。

美國語言與美國的市容，可以融合得極順極適，這是很有趣的。或許是因為它的「近代」，兩者都有一種「平白」。沒有由古代轉換過來的拗口。

這類語言，或說文學，也同時柔順地流露在美國電影裏。它竟然相當地平穩世故，甚至呈現已然極其成熟的美國美感。愛倫坡的詩，林肯、傑佛遜的演講，E. B. White的文章，桃樂西・帕克的諷刺小句，都可以成為百姓在口齒上的吟誦東西，而你稍微一轉，也可能成為一則漂亮的文字作品，不管是一首歌、一段笑話、一則廣告詞（君不見，人經過紐澤西的Trenton，想到它早年看板的用字Trenton Makes, The World Takes. 說的是它製的馬桶，舉世都在用）。

橫跨美國，最好的配樂，像John Fahey的吉他曲〈In Christ,

There Is No East Or West〉，事實上Fahey的太多吉他曲壓根我就會說：這是我心目中的美國音樂。他的學生Leo Kottke也是。另外，像Jimmie Rodgers的〈Miss the Mississippi and You〉，像Furry Lewis的〈I am Going to Brownsville〉，像Barbara Dane的〈When I was a Young Girl〉，像Blind Willie Johnson的吉他曲〈Dark Was The Night〉，像Burl Ives的〈Wayfairing Stranger〉。

有些歌實在太美國大地了，太值得在美國的荒景上緩緩地流溢出來，但最好不是名家唱出來的，而是老百姓勞動者不經意哼出來的，像〈Streets of Laredo〉，像〈Oh, Susanna〉，像〈Oh, Shenandoah〉，像〈Red River Valley〉，太多太多。這些歌全可以由Harry Dean Stanton（1926～2017）這個老牌配角演員唱出來，並且不是出自錄音室的。

有些歌像在你旁邊哼唱的，那是最美的。有些歌像幾十年前在你車窗外的教堂後就一直在傳唱著的，而你多年後遠遠地聆聽。

快進大城市時，常常不捨得就這麼嗵的一下直衝了進去，隨即把自己就這麼融化到它的一圈又一圈的框框環環之中。我一個人一輛車真是不願意這麼拋陷進去。

我更想只順著一條脈絡，單線的，這麼滑過。

整個美國，充滿著這種美妙極矣的單線。它是汽車的最好滑行地，也是一個單人最好的經過區域。

於是那麼偉大浩瀚的中西部，太多教人夢想遊經的奇絕地方，有山谷有森林有溪流有岩洞，並且再穿插著那些宏大的、你企盼已久的城市。然很奇怪的，像印第安那波利斯（Indianapolis），像一個九省通衢式的中心點，我快到了，但我還不想就這麼進去，還想在它的外圍多繞繞。於是在南面的 Nashville 及 Columbus（皆離 Bloomington 不遠）盤桓一陣，久久不想動身。甚至到了更東南面的 Madison 及更西南的 New Harmony，一個濱 Ohio 河，一個濱 Wabash 河這兩個河鎮，哇，這麼好的地方，又離大城市那麼遠，有一點索性哪兒也不用去了的躲在天涯海角遠走高飛之況味。

這就是公路遊移的神奇。

繁華的都市，但你一個人一部車，只想遠遠獲知約略的燈火與人煙，不怎麼想靠近它。這是驅車美國的最高秘密。也是近鄉情怯者最適得其所的遼遼天地。

譬似你自西向東行，到了Oak Park想想再十英里就進入芝加哥了，原本你在Oak Park只想看看建築、看一眼海明威的童年舊宅。但一看下來，你竟然無意往下走了。這裏就是定點了。這個小鎮根本就該是人生應當停頓下來的地方。它太安適了，太穩定幽美了，太不用說話不用解釋不用表達了，它就是人住下來的一個處所。

同樣的，聖路易這個大城，我也要先在外圍繞一繞。於是自西過了Jefferson City，就沿著密蘇里河慢慢吞吞的，像是不情不願的開在94號公路上。接著在Hermann停一停，又接著在St. Charles再停一停。

然後進入聖路易這個我即將在某個中餐館打工的歲月。

有一年，從遠方即將回到紐約。到了北邊的赫德遜河兩岸，心想，何不在此多作盤桓？也就是這一盤桓，探看了這條雄奇高峻的河流所塑砌出的村鎮與桀傲人品所涵養出的建築！村鎮像Rhinebeck、New Paltz、Croton-on-Hudson等，建築物像華盛頓．歐文（Washington Irving）自己設計建造的Sunnyside（在Tarrytown），像Alexander Jackson Davis（1803～1892）設計的Lyndhurst（也在Tarrytown）和Locust Grove（9號公路上），以及Delameter House（在Rhinebeck）。再就是由同樣是A. J. Davis建築、加上Andrew Jackson Downing（1815-1852）設計景觀的Montgomery Place（在Rhinebeck北面）。

這些偉岸極矣的地方與人物，何其得天獨厚！我馬上要告別了，馬上要到那個我進去後不怎麼會再出來的大蘋果——紐約。於是，趕快再回望一眼。

美國房子，太有趣了。但沿途經過匆匆一瞥，更是美妙。

（二〇一〇年）

西塢——青少年的天堂

西塢（Westwood），洛杉磯西邊的一個小社區；說它小，乃因洛杉磯這個橫無際涯的大都會中連比佛利山（Beverly Hills）這個富豪居家區都竟能稱市（city），那麼西塢這個一向被人稱做Westwood Village的「村子」如何能不自認其小呢？

但西塢的名氣並不小，這固然有部份歸功於它北端的加州大學洛杉磯分校（UCLA），它本身小小的五條街道所包圍出來的一塊商業區才是近年來真正的獨有「熱點」（hot spot）。而搧風加油使這

「熱」永不止息的，是青少年。

今日的西塢沒有五金行，沒有超級市場，也沒有自助洗衣店，因為昂貴的租金迫使它們不得存在。並且這裏也沒有按摩院、保齡球館、色情電影院，因為「區域法」（zoning law）禁止。但西塢有另一些商業，就以它最中心的五條街來說，有十一家首輪戲院（全世界最高密度），八十四家餐館，六家（最近的統計）專售小西餅（cookie）的商店。從這個傾向來看，你知道它是一個娛樂中心；當然，大夥來這裏吃、玩、觀影，而不是在這裏買五金及洗衣。也正因如此，一幢普通西塢的家庭房屋售價二十五萬美金。當然，這裏是玩區，不是實惠的住家區。

西塢太紅太熱門，所以洛杉磯最忙碌的三處街道交口皆在此處，其中之一每天有十萬八千輛汽車走經。便為了這份擁擠，洛杉磯的公車特別在週五夜（下午六點半至半夜一點半）及週六全天（中午十一點至半夜一點半）加開所謂「西塢交通車」（Westwood shuttle），只收票價一毛（10 cents），以求抒解週末狂歡的人潮（尤其是電影散場時的人）至不遠處大夥停車的區段。

觀賞電影，整個洛杉磯皆極方便，但偏偏西塢最最密集。西塢共有十七家電影院，所以在同一時間內，可以有一萬一千二百六十一人擁在這一區看電影，而這一區的公定人口數不過是三萬五千五百四十三人。

西塢以十七這個數字聞名，除了電影院有十七家外，賣frozen yogurt（凍糊狀奶酪）店有十七家，還有就是週末夜在此逛遊的人他們年齡的上限是十七歲。

平常日子，西塢只是一個大學城邊上的商店區，但到了週末，尤其是近晚時分，便開始了一場青少年的「大集結」。他們自四處而來，穿著新潮，有龐克（punk）意味，但卻更華貴光豔，並且是刻意打扮過的。可以說，他們是青少年的一套「珠光寶氣」。當華燈初上，幾條鬧街上店面的出奇裝潢使這個大學城看來像一個大型的MTV的場景。尋常大學城呈顯一些鬆閒、嬉皮的學生調調（像舊書店、咖啡屋中抽菸聊哲學或政治、牛仔褲、長髮不整、反對拜金），西塢卻完全不是這麼一回事，它不講書卷氣，只講生命享受；不講智慧，只究聰明（穿要穿得聰明，吃要吃得聰明）。假如你問一個十五歲少女（穿得極為講究，眼部化妝至少用掉二個鐘頭）她為何喜歡西塢，她回答時的正經口氣，你可以假想你閉起眼睛聽，那份慢條斯理就像是五十歲中年婦女形容歐洲古城的那種雍容華貴。這裏青少年有一種對他們所認定的小小文化的一種視為正經的某份糊塗式的成熟。如果說紐奧良是「大愜意」（Big Easy），那我說洛杉磯是「大瘋狂」（Big Crazy）；而青少年的瘋狂，其舞台是在西塢。

以穿著而言，他們早已理所當然地穿上名牌，什麼Generra、Guess，及進口的Forenza、Kenzo。像Benetton及Esprit他們前幾年就已穿上又脫下了。並且他們還繼續逛衣服店，在鏡子前的試套比襯，你看得出來他們在穿著上已然極其老到。

狄斯可舞廳是發洩精力及昏暗燈光下飲酒的場所，在西塢，它們不是十多歲青少年的最佳去處，主要原因是他們的年齡還不允許喝酒（必須滿二十一歲），附屬原因是那種對鏡自跳的拘窄空間實在不及外頭開闊的街道更能表現他們的新潮帥氣（Chic）。在街上注意人以及被注意，是週末夜這場遊戲的規則。

西塢的活力，不是Valley的（那裏太鄉氣），也不是Beach的（那裏太健康運動氣），是最精英領先的Urban。它太富裕、文明，使你覺得奇怪你在這裏走逛幾小時竟然沒有人向你要錢，這在紐約的格林尼契村（Greenwich Village）絕對不可能。孩子們在這光亮享樂的不夜城太過輕俏無邪了，慈善事業是多麼不識時務。這裏沒有饑餓，但卻有吃的狂歡方式，在連鎖店「Fatburger」裏，一個大號的chili肉醬加cheese加蛋的漢堡，觀看別人吃它時的那副肉汁四溢，嘴開如盆，卻又涵蓋不住的模樣，是一種對隱私的侵犯。

這是一個夜晚的天堂，青少年是此地的主人。他們在此地穿的衣服及做的動作及講的話語，六個月後才會發生在紐約，兩年後才會發生在克利夫蘭（Cleveland, Ohio），十年後才會發生在有些內陸小鎮的高中慈善舞會上。

西塢是這樣一個小地方，它會讓住在高速公路四個出口（exit）以外之處的人來到這裏覺得自己像是觀光客。很可能過不了幾年，住在酒泉街的人到安和路去，也同樣有這種感覺。

（一九八八年五月八日《工商時報》刊）

加州新派料理的教母Alice Waters所開辦的餐館Chez Panisse。在柏克萊。分兩個用餐區，有Restaurant區與Cafe區。在Cafe區一人份三十五美元。那是八十年代中期。

西部沙龍

沙龍（saloon），在西部，扮演重要的角色。不只是由於沙龍是眾人集聚的公共場所，太多的人物在此碰面與太多的故事在此傳誦；不只是由於沙龍中盡是酒氣與豪賭、縱情與洩慾，太多的恩怨在此結下，又且太多的性命在此結束。

沙龍是男人的世界，小孩與家庭主婦不屬於這裏，他們毋寧更應屬於隔一條街盡頭的教堂。沙龍中的男人，多半是遊蕩的而非固定的；他們可以是牛仔（在趕完牛至終點後，在卸下重任的回程中，於此稍停享樂），可以是賭徒（靠手上牌技維生，也靠不停轉換新地新沙龍來躲避上一城鎮那被拆穿的騙局）。可以是礦工（在淘金挖銀的苦力之餘或發財之後，到此灌杯黃湯，重新做人），也可以是莫名的過客、走方做買賣的、新到鎮甸想在此打聽親友下落的、被通緝的盜寇、萬里追凶的私家偵探等等。

在草萊未闢的西部野地，若因特殊需要（如開礦、或正要興建鐵路）而有了人群聚落，則沙龍立刻跟著迅速產生。草率的沙龍，可以只是一個帳篷，篷內在兩個啤酒桶上搭一片木板，算是吧檯，這樣，人或站著喝酒，或坐地打牌。稍具規模的沙龍有寬敞的大廳、花巧的吊燈、壁上鑲著鏡子與激發客人酒興的裸女油畫、與一長條精雕細鏤桃花心木的大型吧檯，而這一切往往遠從密西西比河邊的聖路易運送過來。至於沙龍附設賭廳（需有講究的牌桌、供應無缺的賭具、懂得調解紛端的經理、以及賭博的執照），則必須有隨時應付槍戰的應變。通常西部沙龍中的不成文習俗是，當槍戰發生時，任何在沙龍中的人會立刻趴下，躲避咻咻四飛的子彈。一個善於經營的沙龍，絕對要能在槍戰後或徒手搏鬥後，把店中損失向鬧事者索到賠償，並維持事後店裏生意照樣興隆。

也有沙龍樓上附設房間的，這已然做的是旅館般的生意。姑娘們可以藉此賺取娛樂客人的錢。風塵僕僕的牛仔或許能享受熱水盆浴，人躺在肥皂泡沫堆滿的澡缸裏，左手捧著威士忌，右手夾著雪茄，嘴裏或還哼著趕牛歌，像〈The Old Chisholm Trail〉一類的有著 Yippy Yippy 這種「號子」的歌曲。當然，洗這澡之前，有一件工程必須先完成，便是脫下他的長統馬靴。最好的方法是，讓一個姑娘屁股對著牛仔，牛仔的一隻腳穿過姑娘的兩腿之間，她抬起鞋跟，由後向前又向上扳，若力量仍不易使上，往往牛仔用另一隻腳頂著姑娘的屁股，然後一鼓作氣脫下那只臭靴。

一八七九年，由於銀礦的發現，亞利桑那的墓碑鎮（Tombstone）因此新興成立。第二年，一個叫 Wells Spicer 的年輕律師在一封信上提到墓碑鎮有：二家舞廳、十二家賭場、以及超過二十家沙龍。其中有一家像綜合夜總會的叫「鳥籠戲院」（Bird Cage Theatre），最是極盡聲色之娛，有烈酒有女色之外，還有歌舞雜耍劇（Vaudeville），這家店的老板深知此地是縱情鬧事之所，所以要客人在進門時繳出身上的各種鐵器，讓店裏保管，以免出事。

在一八八一年十月二十六日發生在西部槍戰史上最有名的「ＯＫ牧場的槍戰」（The Gunfight at O.K. Corral），便是發生在墓碑鎮這地方。墓碑鎮從兩年前的漫無人煙直到兩年後的五千六百人，可以看出它驚人的暴發程度。

暴發的城鎮有賴暴發的民眾。暴發的民眾雖在不同的各地積聚了不同的怨氣、勞苦、寂寞與慾望，卻同時在同樣的地點——沙龍——將之暴發出來。這也就是為什麼恁多的西部電影把場景的著眼點不是放在家庭的客廳、不是放在上班的辦公室，而是放在沙龍裏的道理所在。

（一九八七年三月十七日美洲《中報》刊）

西部片最經典的場景，Monument Valley。八十年代看去，似比約翰・福特在四十年代影片所見，石柱更風化矣！

西部牛仔與趕牛方式

說來奇怪，西部故事的最後主角，既不是冒險犯難的發現者（explorer）也不是深入蠻荒的山野獵人（trapper）或手持戰矛、臉塗彩繪的印第安人，而居然是終日屁股不離馬鞍、手握韁繩、在黃沙滾滾中趕牛的牛仔（cowboy）。

最典型的牛仔趕牛方式，是德州模式。也就是由南向北，趕到堪薩斯州的幾個鐵路大站，如阿比連（Abilene）、道奇城（Dodge City）等所謂的「牛城」（cow town），然後再由此上火車，運到東部的肉市場。

這得從南北戰爭結束後說起，戰爭使得遼闊的德州原野上乏人放牧的牛四逸流散，打完仗的南軍回到德州老家，開始策馬在各處峽谷、荒山及無邊的野地設法把一小撮一小撮的牛群集結（round up）起來，有時一邊集結、一邊向北趕，集到相當數量，便打上自家行號的烙印。若集的牛數愈來愈多，便必須臨時在沿路村落再加徵新的牛仔。

德州牛，原本是西班牙人引進的「安達魯西亞」種（Andalusian），經過德州特有的地質、氣候等的多年適應，終於發展成特別的所謂「長角牛」（Longhorn）。長角牛的特質是體形龐大、肉質堅實，頭上的兩角由右尖至左尖量起來有時可達七呎之長。牠的優點是耐乾旱，所以能長途跋涉，在沒有水源的荒漠往往能四十八小時不進水。按照牧牛專家的說法，長角牛食取的牧草也不必挑選很潤澤的，有時在許多條件不便的情況下，長角牛可以離河水十五哩遠的地方吃草前行，而不必大群地驅向河邊。但這種牛也有牠的缺點，牠不容易肥，也不容易早熟，基本上不是理想的肉牛。另外牠的尖銳牛角，也往往令牠們裝上擁擠的牛車向東運時，會互相刺傷牛的皮革及肉，造成產品的折損。但這種種是牛商的經濟顧慮，若只是讀者或西部片的觀眾的觀點來看的話，長角牛在僕僕風塵的原野驅進，自然是極其壯美而動人的場面。

擁有一小群牛的牧牛人（cattleman），並不一定趕往北方的堪薩斯，他們可以只在德州當地做生意，把牛賣給願意吃長途苦的大盤牛商。當然他們也可以與別的當地牧人合作，成為有規模的趕牛隊，向北驅趕，牟取較高利潤。

專業的「趕牛人」（cattle drover），需要有豐富的經驗、冒險的精神、對路線的熟悉、懂得駕御牛及牛仔等能力。通常一個長途的趕牛老闆，以大約八元美金一頭的價錢，買進一千隻牛，在趕到阿比連這類牛城時，可以賣到一頭二十元美金。他的花費大約如下：請九個牛仔，每人每天酬勞一元。請一個「帶隊頭子」（Ramroad），薪水是一個月一百元，他的工作主要是掌管紀律、拿捏每日出發、每夜宿營的時刻，以免延誤運達的時效。請一個廚子，或者叫「老媽子」（Old Lady），整段旅程，需付他五十元薪水。這一切再加上生活所需的補給品，需花費三百元，另需携帶補給的馬匹，約六十匹。總共這些花費，與一千頭牛售後的所得，可以打平。

這也就是說，假如你只有幾百頭牛，而你又未必能在牛城賣到特高價錢，你是不值得做長途趕牛的生意的。通常稍具規模的趕牛隊伍，平均是十二個牛仔趕二千五百頭牛，這是比較理想的尺寸，沿途即使病死或逃散幾十頭，或是母牛新生了小牛，都不會太過影響牛群的整個尺寸。

最有經驗的牛仔，通常在前帶路，領著整條「長牛陣」，他是所謂的 point driver。在牛群兩邊的牛仔，則叫 lineriders。最沒經驗的牛仔，則負責殿後，他們被稱為「新手」（greenhorn），他不但要不斷推動偷懶的慢牛，還得忍受整個牛隊賞給他的漫漫塵土。

趕牛沒有什麼特別裝備，主要就是二件：牛仔口中不斷發出的halloo這種吆喝聲，以及他賴以追前趕後用的身下坐騎，牠們是所謂的「趕牛馬」（cow pony），多半是用「野馬」（mustang）來訓練成的。西部片中牛仔到柵欄中，輕手輕腳地撫著剛到的野馬，在牠還不野的時候把馬鞍輕加其上，然後騎了上去，這時這馬就前跳後震，身子盡最大可能彎曲以發揮震力，若是牛仔能耐住不被震下，幾分鐘後，牠就算被馴服了，從此牠是牛仔最好的伴侶。

隊中的廚子倒有一些裝備，熏肉、豆子、麵粉、咖啡、以及一把鏟子。事實上，他的主要工作是帶好一群約有六十匹數量的補備馬群，他的廚藝，據西部內行人士說，並不是被雇用的主要考慮（牛仔們自己也能弄吃的，一如西部片上常呈現的場景）。

倘若運氣還好，趕牛隊希望每天平均能趕上十五哩路。也就是說，從德州的達拉斯到堪薩斯的阿比連，將近五百哩的路，要讓一個牛隊走上一個多月。通常他們黎明即起，吃著有熏肉、豆子的早餐，喝著咖啡。至於下一頓，中餐，就不是每個人都能有的了，只有輪到休息的牛仔才有。要不就是碰上河流，讓牛有機會飲水時，大夥才得乘機也歇上一歇。

啟程出發，是最難的。經驗告訴牛仔，第一天趕牛要用盡全力死命趕上廿五哩或三十哩，把牛群弄得筋疲力竭，這樣比較可避免有些

「想家」的牛隻往回跑。在剛上路的幾天，總是有牛嘗試著跑回家，牠們對「遠方」或「前途」不一定很感樂觀。更有一些頑劣調皮的小公牛，往往在隊中製造糾紛，不願隨波逐流跟著大夥跑，這時牛仔們必須有敏銳的眼力，立刻找出這些害群之牛，把牠們與主要牛群分離，或放牠們返家管訓，或甚至乾脆一槍射死，新鮮牛肉往往比儲久的熏肉要美味得多。

帶隊牛仔對水源必須很清楚，更重要的是對每晚休息的地點很了然於胸。黃昏時，整個隊伍停下，六十匹馬被拴在一起，而廚子開始埋鍋造飯。牛仔們開始輪班站哨，通常是二小時一班。牛仔當然不是站那裏不動的哨，他仍騎在馬上，繞著牛群察看，並且一邊唱著牛歌。

唱牛歌，是牛仔很重要的工作，並不只是打發時間、解除寂寞而已。這歌不是唱給自己聽的，是唱給牛聽的。牛受到歌聲的撫慰，可以平服太多的可能驚恐。許多牛仔便因不會唱歌，往往使工作機會讓別的歌喉好的牛仔得去。牛是敏感的動物，在長遠的陌生旅途上，隨時會被風吹草動弄得驚逃四散。「驚竄」（stampede）是趕牛者最擔心的一件事，它不但可能造成血本無歸，也可能把人踩死撞傷。天上的閃電打雷會使牛驚竄，人為的劃上一根火柴有時也造成難以預料的麻煩。

當牛驚逃四竄時，除廚子外，所有的人員都立刻行動。方法是，以最快的方法騎到牛群的帶頭之前，順著牠們跑，跑上一段，再設法引著牠們繞圈子，讓分散的牛隻漸漸能跟上自己的同類，最後跑累了，牠們自然就平息下來。規模大的驚逃，可以跑上四十哩路遠。也有的驚逃，可以在一個晚上發生十八次。這種驚逃，很難沒有人傷亡的。把所有跑散的牛全部集結回來，往往不只一天的時間。同時還會找到被奔牛踩死的同伴，這時，廚子攜帶的鏟子便派上用場了。下一個畫面自然是同伴們圍著一堆土，各人手上拿著帽子，低頭不語幾分鐘，也只能如此而已了。

（一九八六年十二月十八日美洲《中報》刊）

美國作家的寂寞感

五十年代以來，就有不少歐洲作家指出，美國作家之間顯得很疏離，並且美國也少有所謂的「文學地盤」（Literary Colony）。就算有，畢竟稀少又迢迢遠隔，不成氣候。那時文人滙集的幾個比較有名的村鎮，約有加州中部海岸的「大舍」（Big Sur）、紐約州的伍市鐸（Woodstock）及新墨西哥州省會聖大非（Santa Fe）。至於大城市中，美國作家也少有顯明的咖啡館逗留習態，這與歐洲的大城如倫敦、巴黎、羅馬的文人情況極不相同。單以紐約的咖啡館來說，便沒有比它小得多的巴黎市裏的咖啡館文人相聚的那種盛況。並且在紐約逛咖啡館的文人比較屬於年輕的、波西米亞式的一類。老作家以及成名立萬的大牌作家，皆互相住得極為偏遠，甚至住在一些極為不方便的奇怪地區。

當然，在紐約出版商舉辦的雞尾酒會裏，作家們不時會持杯相見、寒暄一番；但那與歐洲文人每日到同一店中日復一日深談的故事結構、人物寫法的談論方式是很不一樣的。美國作家在鄉居自宅中獨飲、或獨自驅車到小鎮上吃一塊pizza，或自己一人坐在溪流邊釣魚（尤其是鱒魚）這種種景象似乎很容易讓我們想像得到。

這說的是現代的社交生活；至於說到美國文學中所描述的，這兩百年以來的美國小說也恰恰能不謀而合地透露出這寂寞感。

美國小說傳統以來就愛描寫個人的孤獨生活而較少描寫人在社會的情形。他們寧願寫人與大自然或人與自己的氣力肉搏，而較不願寫人與社會體制抗鬥。後期（常是當代）有不少小說與電影雖也講律師或警察與不良的社會現況竭盡己力做拉鋸之爭，然一來這筆下社會的構築並不周全宏偉，二來筆墨也常多加諸在主人翁身上（寫他的英雄性或他的孤獨性、甚至悲劇性或荒謬性），三來也從沒有將這作品成為代表性的主流。

有不少的論著說及這「沒有社會」的原因：拓荒小說家庫柏（James Fenimore Cooper, 1789-1851）曾說：「在這裏，作家沒有像歐洲那樣豐富的礦源可以採汲。沒有史料可供給歷史家，沒有愚行可供給諷刺家，沒有儀態可供給戲劇家，沒有朦朧迷醉的傳說可供給浪漫愛情小說家。」亨利詹姆士也在寫霍桑評傳中說到：「在別的國家有的高度文明之種種措施，在美國生活中一片空白……我們沒有歐洲字義下的「州」，幾乎沒有正式的國家的名字。沒有君主，沒有法庭，沒有個人忠誠，沒有貴族，沒有教堂，沒有教士，沒有軍隊，沒有外交，沒有鄉紳，沒有宮殿，沒有城堡，也沒有采邑，也沒有古老鄉野別墅，沒有牧師修道房，也沒有茅屋草舍，更沒有蔓藤爬繞的殘垣頹壁；沒有宏偉的大學，也沒有公立學校——沒有牛津、伊頓（Eton）與哈若（Harrow）；沒有文學，沒有小說，沒有博物館，沒有繪畫……」路易士．芒福（Lewis Mumford）說：「假如十九世紀顯出我們的粗野俗鄙，那不只因為我們移居在新土地之上，更因為我們的心靈沒有受到歐洲偉大的往昔記憶所振奮……放逐出來的歐洲人，成為美國人，沒有摩西引領，在荒野中徬徨……」至於早在一七八二年，德・克列維可（Hector de Crevecoeur）就曾寫下：「美國社會，不像歐洲是由擁有一切東西的國主所組成，而是由一群沒有任何東西的人所組成，這裏沒有貴族家庭……沒有不可見的權力加諸在見得到的人身上……富人與窮人之間沒有像歐洲那麼大的差距……每個人為他自己工作……我們沒有王子讓我們去為他幹活、挨餓和流血……在這裏人就像他應該是的一般自由……」

從美國的立國精神既已能看出這文學中孤獨的先天個性，再加上美國作家自己也樂於勇於去實踐這個體孤離自立的生活方式，一如他們作品中的英雄，這便是不得不讓歐洲文人看來很感特異的地方了。霍桑將自己隱居在麻州薩冷（Salem）古城十二年的孤絕生活，用筆墨化為清教徒的堅忍對罪的種種認知故事。梅爾維爾在《白鯨記》一書裏，顯示人之邪惡罪孽根植於過份自負與拒絕接納界限，而他本人也曾多年屈身於紐約海關的職務。福克納幾乎一輩子待在密西西比州的牛津小鎮。

美國小說中的人物，有一種史詩、神話的孤絕品質。像庫柏筆下的納提．邦伯（Natty Bumppo），霍桑筆下的海斯特．普里恩（Hester Prynne），梅爾維爾的伊希米爾與阿哈船長，馬克．吐溫的赫克．芬，費滋傑羅的蓋茲比，福克納的蘇特本（Sutpen）與裘．克利斯馬斯（Joe Christmas），海明威的尼克，沙林傑的荷登．考非（Holden Caulfield）等等都是。

相較之下，英國小說便顯出其好究社會之特質，並且究的最多的，是社會中的階級。

階級，是英國小說的故事泉源，是作品中人物的最適宜之居停地，吉辛（Gissing）、威爾斯（H. G. Wells）、勞倫斯、歐威爾寫的，和奥斯汀、薩克萊（Thackeray）、米瑞狄時（Meredith）寫的，都一樣不離階級，哈特黎（L.P. Hartley）與鮑窩爾（Anthony Powell）也同樣是。

對於階級制度的感慨，英國作家不只是抗議、針砭，也更逐而漸之去嘲弄探討以及像玩笑與遊戲一般地去沉迷其間並自我娛樂，於是階級供給英國小說的創作題材，已然進而影響到全國生活上的一種傳統；社交上的對話，公共酒店、咖啡館中的閒談或笑鬧，電視上的喜劇或綜合滑稽劇等皆受惠於全民對階級觀念之耳熟能詳，並且顯示英國普遍民眾對社會意識之一日不曾稍離。

拍攝一張在倫敦地下鐵中乘客苦惱的臉，與一張在紐約地下鐵同樣苦惱的臉，意義不會一樣；觀眾看見那張英國臉孔，會想他不久下車後去工廠上工時所遇的社會低氣壓；而觀眾看美國那張臉孔，想的不會是他的周遭、他的工作或老板，而是他本人的英雄性，他馬上要發生的傳奇故事（愛與恨），並不是他在社會上的尋常估量。也於是美國主角講的對白比較是個人的、性命交關的、天地之間的，而英國主角講的，則比較是環境上的、家庭與公司上的、都市、公車等地段上的。

森嚴的社會制度，本就令喜好文化古國風範的子民不厭去談，英國人和中國人皆有這種自以為國古文深之老大習氣，故而談及往昔鐘廟典章，便字帶鏗鏘、句携掌故地娓娓而道。便是英國優良傳統的間諜小說與中國膾炙人口的武俠小說都不能不附提許多社會制度之繁密。

美國小說相較之下，確顯簡潔得多。但時代愈進展，愈有人感其不足，想在原本簡潔的書中天地增加一些複雜的制度，故而寫政府的各層各部、寫外太空更讓人匪夷所思的奇妙世界、寫心理精神的原不為人所知的人體奧妙、寫自己創設的懸疑推理奇之又奇的探案天地，這種種皆是美國作家想更求跨越「簡潔」的努力例子。

在這同時，以中國作品為例，小說卻開始寫簡潔的題材，大多的作家寫一些公司中的故事、普通現代小家庭的男女事件，以往像曹雪芹、凌濛初、蒲松齡他們書中那種固有社會複雜典章皆不是他們的著筆重點了；甚至像金庸、高陽作品中的社會風貌，現代的大多小說家也不好此方向矣。

即使美國小說不甚滿於簡潔題材，簡潔仍舊是目前主流作品的一貫面貌，像肯・基西（Ken Kesey）、吉姆・哈里遜（Jim Harrison）、湯馬士・馬奎恩（Thomas McGuane）與瑞蒙・卡佛（Raymond Carver）等人便仍舊承襲美國自拓荒期以來的馬克吐溫、海明威等人的小說粗獷傳統。假若讀者不特要求閱讀古典，又不特好於言情、浪漫、偵探、西部等次流作品的話，則一想起美國小說，便會想起充滿卡車、釣魚、伐木、足球賽、客廳電視、貨運火車、鄉下酒吧、收音機中鄉村歌曲、牧場欄柵等景致交雜組成的普通百姓之人情故事。這些故事不容易臻入古時經典之範疇，卻能與當時當地的這一代普通民眾息息相關，並且作者自己就是過著這種生活，而讀者也是。

曾著《飛越杜鵑窩》與《永不讓步》（由保羅．紐曼改拍成電影，自導自演）的小說家肯．基西，本身就住在與《永》書中所寫的伐木工人氣味相近之區——奧勒岡州。新聞文體的作家湯姆．沃爾夫（Tom Wolfe）說肯．基西「有粗腕厚臂，曲起來時，更顯巨大……他有一點像保羅．紐曼，只是肌肉更結實，皮膚更堅厚……」。而僻居於密西根森林與河流之間的吉姆・哈里遜，筆下也多是粗豪陽剛的漁獵題材。他以前做過砌磚工，他的寬肩與厚胸使得某次與影星傑克・尼可遜同進入某公共場所時，竟被人誤認是做保鏢的。瑞蒙・卡佛也幽居於西北，被認為是美國當代短篇小說寫得最好之一的他，筆下的故事、人物、場景、道具等無一不顯出寂寞與單調；卡佛好寫居民的看電視生活，幾乎篇篇都有，又常用客廳咖啡桌、飯廳餐桌、電話、汽車等道具來交織成美國尋常生活的死寂無望感，加以他用字簡鍊（他也寫詩）、造句精短平鋪、不愛夾用修飾的形容詞、副詞，使得他的作品是精粹的短篇小說藝術之最佳實踐。

並且上述的作家皆不約而同地經驗過嚴重的酗酒生活，更將這美國的普遍現象身體力行。他們在偏僻家中舉起酒杯，大約和巴黎、倫敦的文人在咖啡館啜飲咖啡一般地自然順理成章。美國大地之遼闊若要賴各種趣事及活動來填塞而猶自不得充滿，則美國小說中的寂寞感必也就汲之於常民生活、認想於同型生活下之作家、而發作在各篇各本的故事中了。

（一九八五年八月二十八日《美洲中時》刊）

新英格蘭日記

一九八七年六月二十七日 Cambridge, Mass.

昨夜睡 Longfellow Park 旁的車子裏面。已有十多天沒嘗睡車的滋味了。

幾天來，借住在朋友 Boston 的 Beacon Hill 家中，頗看了一些波士頓的老區。Back Bay 那兒的 Boylston 與 Newbury 街逛來有意思，格局開敞，樓屋古雅。南北向的街名，第一字母以 A、B、C、D 排列，如 Arlington，Berkeley……等，直到 H。教人好記。

今天看完中午場的Full Metal Jacket，天有雨，又回到車子裏面。

車窗緊閉，你聽不見太多外頭嘈雜的聲音，只不時傳來零零落落的雨打車頂鐵皮之叮咚以及充滿雨珠滑動的車窗外的景物。這是一輛汽車，但也是一幢房子，有門有窗，在鐵皮這一面，是室內；在鐵皮另一面，是室外。室內的一切被命定有一些隱私的權利，只需看那些人經過我坐在其中的這輛車，原來談話聲大的，屆時自然縮小，當走離車子較遠時，才好意思再回復原先的大聲。另外那些早已看到有人在車中的，在經過車子時總快步通過。但某一個人的隱私，有時也令別的人擔憂及疑慮，譬似去年我在Kansas的Dodge City夜宿某一教堂停車場的邊上，正對著一排住家。有一家人穿著短褲，趿著拖鞋自外像是串完門子回來，發現有人睡在車中，先是全家人回到屋裏（屋與我停車處隔著一條街），二十分鐘後，男主人出來在我旁邊的 pickup truck 上檢查他的東西，摸摸這裏，碰碰那裏。我覺得有必要和他打聲招呼，減去他任何疑慮，便開門和他說話，我站在地上，即使赤著腳，也要讓他清楚看到我，希望他看得出他身前之人不像逃獄的，不像搶匪，甚至不像一個嬉皮。我和他聊了幾句，意思不外是告訴他我想在車中略事停靠個三五小時，稍養足精神就又要趕路。他說最好的方法是找一個 motel。他說時有點像自說自話，並沒有注意我對此事的看法。我說我謝謝他種種資料，也感激他的不介意我在此停留個把鐘頭，不久他就進去了。十五分鐘後，有車燈在我後面閃起，當然，是警車。警察要了我的駕照，然後回到他車中經由無線電查我的紀錄。他查時我故意站出車外，也讓他在黑夜中清楚看到我。查完，還回我駕照，並說，如果你確實無意睡 motel，最好睡 Boot Hill Museum 前的停車場，因為這是教堂的私產，而剛才有人抱怨。

當然，抱怨的人總是和適才那人有些關係。那個人他還是放心不下。

放心不下，疑慮，是造成許多行動的可能動力。這個人若懷疑我太多，取了槍來與我交涉，亦不是沒有可能。那時我還沒看《*Easy Rider*》那部電影，但這次，兩星期前，我在紐約朋友家看了這片子的錄影帶，才知《*Easy Rider*》這兩人最後是被南方的 red neck 開 shot gun 活活在鄉下公路上打死的。

在車中既有隱私，於是你稍坐之後，便開始有你自己的世界出現，有時你自言自語，有時你把車鑰匙向反時針方向轉，使車子發了電，讓音樂自收音機中出來，而你按音樂的節拍，坐在車中跳偏促的舞——搖頭擺動肩膀而已。而我現在正做的事情——寫下這些——也是在車中。而半小時前，我在收拾落在、附在車座位上的頭髮，且想想，這件工作若不是在自我的隱私之時，如何會想到去做呢？

在 Somerville，今天傍晚在吃晚飯前及後，共看到三輛老式的 SAAB station wagon。我從來沒見過這型汽車，而今天一口氣看了三輛，並且都在 Somerville 這個 Boston 郊區。這的確太出奇了。我必須要查訪一下，我去問了這個車主，他正把車在 Porter Square 的 Star

Shopping Center前停下。他說喜歡保存這種車的人通常有些古怪，而Somerville可能剛好這種人挺多的。又一個原因：在Somerville有一個零件店（並不是每個城都方便買老SAAB車的零件）。

他的車是72年，型號叫95。這款型號大概自六十年代就已生產了。

六月二十八日 Northfield, Mass.

離Boston，向西北走，照AAA地圖看，竟只有119號公路是scenic（有景）路線，於是便往那而行，順便經過Lexington與Concord。119號，算是好風景嗎？我怎麼不覺得。AAA地圖對於風景的定義，常常與我不怎麼一樣。我的目的地是Vermont的Brattleboro，只要是西北向，終歸是不錯。但我不急著去，中途哪裏可以停停玩玩，便就玩它一陣吧。

在Groton與Townsend之間的119號公路上，有一輛車跟在我後面，跟了一段路後，他突然亮起藍色的燈，原來他是警察（但似乎開的不是普通型式的警車），我停下，他要看我的駕照，媽的，奇怪這種事近來也真多。在D.C.至N.Y.C.之間的N. J. Turnpike上遇見的條子，是或許因為我頭髮長，但這次卻是為何。查了五分鐘（取我駕照，回他車上查），沒事，還給我。

在Ashby，停在一個Congregational Church門口，因為在路邊看見有sign說有strawberry shortcake（草莓餅乾），我想略略進食，但進去後，買了七本舊書，只要1.15，而一份shortcake卻要2.50，這是我旅行中本不會花下的零食預算。

七本書中，有三本是講一、樹，二、礦石、寶石，三、野生動物。

新英格蘭的教堂真多，但小巧，不難看，而且皆是尖頂。奧遜·威爾斯自導自演的The Stranger，教堂是小鎮的中心。那種小鎮，好像每一家門都不鎖的，你可以隨時走進某人家中，他們會邀你坐下喝一杯咖啡吃一塊三明治什麼的。《*The Stranger*》講的是四十年代的康奈狄克州，但新英格蘭即使今日看來仍像是很多家庭不鎖門的。

在 Winchester, N. H. 看見一輛 pickup truck 車後的貼條上寫：I Hunt Black and Tans.

美國人似乎樂意用公眾空間寫下自己心中的念頭。有時甚至說出一些不怎麼友善的想法。莫非他平日很受制抑？或他太疏離、沒法碰上人宣吐？或者只是他習於先 chicken 再設法找另外機會（有時還匿名，如塗鴉）偷偷表露？

六月二十九日 Brattleboro, Vt.

從Northfield走Rt.63向北至Hindsdale, N. H. 風景極佳，並且路上只有我一部車。

所謂backroad，真是給汽車國家才有的字眼。那是汽車走上這種路時有一點想輕手輕腳的感覺。但它即使如此，仍不是給腳踏車或行人走的，仍是設計給汽車開的。

汽車，不同於步行與腳踏車，它比較團體；車上可以載人，可以聊天，可以和收音機為伴。

New England一路上見到許多家門口懸著美國國旗。當然七月四日快到了是一原因，另外有些家庭根本一年四季就掛著它（我特別向一對開街角雜貨店的老夫婦問探了好一會兒），可見這地方有些人很講愛國這回事。

到了Brattleboro，在49 Flat St.是一家雜貨店，叫Brattleboro Food Co-op，是嬉皮觀念下成立的合作社式雜貨店。採會員制，做為會員的，買東西比非會員要便宜20%，而其義務只是：

一、出席每月兩次的集會，每次一小時。

二、付幾十元的押金，押金數目約等於你一星期在此買菜的錢，二十元、三十元皆可能。當你決定離開這雜貨店時，押金會在三十天後寄還給你。

三、參加一些輕微的工作（例如切 cheese），這工作約是每三個月有四小時要做。

Brattleboro 是當年有名的嬉皮城，所以有 Brattleboro Food Co-op 這種合作市場。

我在這 Co-op 中稍微一逛，看見 Perrier 礦泉水，大瓶售 1.09，比 Boston Beacon Hill 區 Charles 街上的 J. Bildner & Sons 的 .99 要貴一角。但它的 Poland Spring 只售 .69，比 Bildner 的 .89 卻便宜二角，可能 Maine 出產的東西在 Vt. 比在 Mass. 要便宜些吧。

Food Co-op的告示牌上貼的有：

Professional Couple Seeks rural Home

2 Rooms Available in Leverett, Mass. off Rt. 63

Looking for Ride to NYC
Elysse 2571939 2549174

Red Clover Farm needs more basil pickers on its crew

'74 Dodge Van for Sale $600

Mobile Home 12'×60' 3BR $6000

在25 Eliot St.是嬉皮共餐式的大食堂形式的Common Ground餐館，桌椅多是長條形的。不供糖，若要咖啡甜，只能加蜂蜜。禁菸。食物也很alternative，幾乎近於吃素的感覺。

六十年代，Brattleboro被稱為是新英格蘭的嬉皮名城，今日路上已無太多嬉皮氣味，但Common Ground的餐客仍保有不少。當年，它的近郊，以及稍北的Putney，散佈著不少「公社」，乃農莊多也。

Common Ground的告示牌貼的是：

Bedroom Available, 3.5 miles from Brattleboro, $190
John 256 6016

For Sale: Large Wood Stove

'73 Volvo Wagon for Sale $1000

六月三十日Northfield, Mass.

向北走63號公路，到了與N.H.州交界處，是一個Drive-In戲院，就叫Northfield Drive-In，進口牌子上寫Tune to AM 540，是告訴人用車上收音機的頻道的。再進去，就是廣場，場中有一根根的鐵柱，柱上是擴音器，你可以取下放進車中，然後聽聲音。

Drive-In在美國已然沒落，在New England竟然有，誠不簡單，此處冬季那麼長。

Northfield Drive-In在週末（五、六、日三個晚上）放的片子是《*Ernie Goes to Camp*》與《*Color of Money*》，票價是四元，一次兩片。把車停進Drive-In場中，下午，雨過天晴，坐在車中看著這個長方形大銀幕，一種說不出的美感。

空曠，奇怪，教人放鬆。就差一點沒睡他一場午覺了。

再發動，開到對面一個農民市場，叫5 Acre Farm，專賣新鮮水果蔬菜，很大的一個農場，有大的穀倉，有大片菜園，有花房。若在週末有許多人來採購，相信景觀會壯麗。

到Northfield Town Hall去索了一份資料，才知道我現在住的AYH是美國第一個Youth Hostel，成立於一九三四年。

這個私立高中Northfield Mount Hermon School成立於一八七九年。現在世界各國有學子來此就學，包括從台灣、香港，須知這只是高中，一年的花費要一萬四千元，要住校，也包吃，晚上仍有自修課，所以很緊湊，師資也豐富。

Mount Hermon Youth Hostel住的人極少，我自己一人一間，且是閣樓，頗舒服。在樓下客廳稍坐，似聽到熟悉的語言，原來有一個台灣來的媽媽，來此探她就讀此校的小孩。

Northfield, Mass的人口統計

1955年	2337人
1965年	2412人
1975年	2457人
1980年	2386人

Area:40. 32 sq. miles。

從N.H.境一進入Mass.境，在Rt. 63上，正要到5 Acre Farm前，有一個sign:

Massachusetts
Gun Law
Violation
Mandatory One Year
Jail Sentence

去看那關閉的橋。它是連接West Northfield與Northfield的，但已封鎖不用了。橋下是康奈狄克河。

到 Bernardston 吃晚飯。開車六哩。

七月1日 Greenfield, Mass.

Greenfield，不知是何等樣的城鎮；它大可不用裝設路上的停車馬錶（meter），因路邊的位子太多，但它還是裝了。其觀念是，你既然停車，就需付錢，哪怕是極少的錢。

它的停車費：

十二分鐘　一分

六十分鐘　五分

兩小時　　一角

哇，多麼奇特的、又便宜的、計價方式！

試想，去馬錶裏收錢時，會收到penny，這在美國各城市裏，大概不會超過十個。

Greenfield有這麼小嗎？照說不很小。倘很小，根本不會設馬錶。稍南的Deerfield便真是小，可以想像二百年前它仍是村莊的樣子。

在School St.上一家海鮮速簡快餐店Pete's吃了炸魚三明治，喝了一瓶Heineken（和Blue Velvet學的），一星期來第一瓶啤酒。

Bernardston, Mass.，在舊書店買了四本書，計六元三角。其中有一本《*Life in Mexico*》，另一本是Prescott的《*Conquest of Mexico & Peru*》，這書店叫Bernardston Books在US5上。像是一幢大穀倉，在此逛書店頗富農家意趣。又書極廉，大多的精裝書一塊美金便可買到。

準確地址是503 South St.

電話413-648-9864

老闆A.L. fullerton

南南北北開來開去，皆在Rt.5上，好像行走在自家門前小路上一般。新英格蘭公路上車子極少，開車隨時都像在兜風。

在Greenfield逛完後，回到Northfield的Rua's飯館，叫了一杯咖啡，又碰到Fullerton夫婦在此吃飯，真巧。

Greenfield的WRSI FM 95.3這電台的節目是我離開Boston以後一直聽的。很喜歡。有Blues，有Rock & Roll，半放新的，半放舊的。

Suzanne Vega的新歌我在這台聽過兩、三次。

七月二日 Putney, Vt.

在 Putney Fruit Co. Cafe 坐下來喝了一杯生啤酒 George Killian's Irish Red。這店叫「水果公司」，事實上是酒吧，John Irving 以前在此 hang out，成名前。現在當然搬到 NYC。以前的酒店叫 Wally's，近三年前才改成 Putney Fruit Co. Cafe，乃二十世紀初原來這幢房子便是水果公司。這家酒吧聽的音樂也是 WRSI FM95.3。我坐了超過半小時，啤酒只喝了一半；吧台後的女酒保說："This is the longest beer I've ever seen."（「這是我見過喝得最久的啤酒。」）

到 Brattleboro Retreat 去參觀。因為從圖片上看，它的建築不錯，又濱臨河邊，景色宜人。

如今很多人用它來戒酒、戒毒。花費絕對很貴，當然有的是保險公司付的。還有就是心理治療，我掃射了一眼費用，八十五元一小時。

離開Brattleboro前，在1786 Putney Rd.的Mobil油站，換了機油，12.88元。

七月四日 Hanover, N.H.

美國國慶。白天在Woodstock, Vt.看craftshow。本打算晚上也在同一地點看煙火的，結果聽了French Canadian Folk Music後，決定晚上留在Hanover。

在Hanover的足球場上看煙火，全鎮的人看來都到齊了。

（二〇〇六年九月號《聯合文學》刊）

南方紅頸

一九六九年的電影《意興車手》（又譯《逍遙騎士》〔*Easy Rider*〕）片尾，丹尼斯・霍伯（Dennis Hopper）與彼德・方達（Peter Fonda）兩人在南方公路上，被一輛提貨卡車（pickup truck）上的人見到他們的奇裝長髮及怪形摩托車，於是從車座上方的架子上取下霰彈槍，砰的一響，將他們打死。

卡車上的這兩人，被稱為「紅頸」（redneck）。

從歐洲來美國旅行的年輕遊子，當住在「青年旅舍」（youth hostel）中被問及下一站要往何處，答以「欲南下」時，旁邊人皆會叫他「當心『紅頸』，南方很多，他們是很奇怪的一種人。」

「紅頸」一字，在一八三〇年代時出現，原指農民或戶外勞工這等有著被南方烈日曬得很紅的頸子之人。後來通稱貧窮的、鄉野土氣的南方白人。

注意，紅頸必須是白人，且較傾向是盎格魯撒克遜（如英格蘭、蘇格蘭、愛爾蘭）種的白人，而比較少包含猶太人、義大利人等。這類白人，南方以外亦很多，美國人自己也稱他們為white trash（白種垃圾），稍微溫和的字則是poor white（貧窮白人）。

紅頸之所以被人特別指出，主要在於其特殊典型，而這特殊典型是為數極多的民眾盡皆具備，並行之於南方、發展於南方而使之益發堅固的一種狹隘、固執、對外界不求了解又不敢溝通等等之封閉性格。譬如你在南方開著車，在一個便利商店（convenience store，如 7-Eleven 或 Stop & Shop 之類）門口停下，突然一輛 pickup truck 也停進來，下來兩個人（他們很喜結伴，哥兒們調調很重），他們可以穿牛仔褲、馬靴、西部帽，也可以穿連身工裝褲、工作鞋、棒球帽，下車時一甩門，沒鎖，車窗玻璃也是開著的，就進店去了。駕駛艙座位的後上方架著長槍，就這麼露著。你進店裏買香菸，看見他們買的是嚼菸（chewing tabacco），他們把鐵盒打開，用食指伸進一挖，再往口裏一送；因此他們稱吃嚼菸叫 dip Skoal（Skoal 是嚼菸中名牌，一如紙菸中 Marlboro 的地位）。他們喜歡和店員聊個幾句，尤其是店員與他們稍稍認識的話；他們操著很重的口音，南方口音，在好些轉折及結尾時特別拉得長長的，動詞時式不很講究，常常用一些過時的字眼，給人一種故作正經的感覺，而事實上完全沒講出任何事來（因為他們啥事也沒）。還有他們喜歡用雙重否定來表示單一否定，如說：「I don't see no one.」或「You ain't going nowhere.」他們與店員閒扯幾句，看見你拿了東西要結帳，自然停下來讓店員接待你，這時他們可能站著就這麼盯著你看，不見得有惡意，但就是這麼毫無遮掩地看著你，像是看一種外太空的奇特物種一般，不去考慮也不懂考慮什麼禮貌不禮貌。當然他對你感到好奇，若你開口也講流利英語，他自然習慣得很；若他表示熱心問你要去哪裏，而你又不懂英文，或以不屑的態度回答他，那麼事態很可能變得麻煩也不一定。

一般而言，南方是落後貧窮的區域，於是許多古老的風俗習慣一直封閉地保存下來。紅頸這種文化性格的積聚成形，也一直不易改變。即使他們自己知道別人對他們的看法，他們也不改變，並且也不同意。而他們對外界的文化，完全沒有興趣，也缺乏認識；他們不但有地理上的封閉，也有人格上的封閉傾向，這是太過對古老南方的篤信與仰賴，太過保守於昔日老祖宗設定下的生活形態與社會格局。

電影或電視喜歡凸顯紅頸的形像，但不少紅頸在生活上，的確很富電影意趣。例如他們很生理化，吃完飯摸摸肚子，打幾個嗝，的確是他們的動作（雖然各類人皆常如此）。紅頸身上癢時，他的生理反應是抓，不管當時這癢是在哪裏，或是他自己是在哪裏。他對女人，也用強烈的方式來表達他的反應，大聲怪叫、脫帽丟出，拍手跺腳皆可能，這類動作不只是他自然會做，很巧的，他的周遭也正好允許他做。

酒，總是被拿來與紅頸相提並論。他們愛喝威士忌及波本（bourbon）。即使他自己所住之鎮是一個「禁酒」（dry）鎮，他會開到三十哩外去喝。通常他進的酒吧，是下級的、門面不佳的、廉價的，可以稱做honky-tonk的那種。裏頭的音樂，當然是鄉村音樂或「紅頸搖滾」（redneck rock & roll），例如CCR合唱團（Creedence Clearwater Revival）的〈驕傲瑪莉〉（Proud Mary）絕對受他們喜歡。威利・尼爾遜（Willie Nelson）的長髮他們或許不滿意，但他的粗獷長相，及他的歌是紅頸們很感親近的。若有一首歌，歌名叫〈If You've Got the

Money, I've Got the Time〉，紅頸一聽，先天上就已經想會喜歡了。

有人觀察過，紅頸從不滑雪。這點極為有趣。不知是因為滑雪太過「文明」、或太過昂貴（滑雪勝地常是度假高消費區）、或太過循序漸進需要耐心？事實上很多運動紅頸都不來的。在傳統的農業社會裏，每天勞力已花得太多，再去用在運動上，委實太過「奢侈」。但有一種運動，他們做，便是保齡球（bowling）。有時你可以在有些加油站的辦公室牆上看見一個貼條：「保齡——酒徒的運動」（Bowling —— A Drinking Man's Sport）。保齡球館，說來奇怪，既有一種平民化的氣氛，又有一種可以把它想成「有點高級」的況味，於是它正巧被紅頸所喜歡上。紅頸往往兩對夫妻一同赴保齡球館，兩方可以比賽。在這裏，既可以運動出力，又可以笑鬧比輸爭贏，還可以喝東西（有時是酒），確實是符合紅頸們文化的社交場合。

紅頸的女人，也反映出相當的同類氣質：她們右手夾著香菸，一邊還要用大姆指扭開小皮包找零錢，而同時左手拿著的公用電話正傳來接線生要她再投五分錢，這種慌亂之下，她的菸還是夾得很緊，不時舉到嘴邊吸上一口，不吸時，她的口香糖一逕嚼得軋軋響。

她們有一種鄉下氣中透出的一股派頭，或者說一種很泥土氣、很粗俗的矜持尊貴。她們常常頭上還戴著塑膠髮捲就到了公共場所。事實上，有很長一段時光全美（不僅是南方）的女士都不免有戴著髮捲便到了家門外的現象，這是美國這個輕鬆安詳悠悠大地自然流溢出的巨力，致極多極多情態鬆閒之婦女到處呈現其慵懶的一面，家內家外她皆是一般的放鬆。上海婦女穿著睡衣上菜場這種現象只能說是類似情態之初級班罷了。

至於吃飯，紅頸吃很多粗劣及油膩食物，如玉米糕（corn bread）、炸雞、豬排（油炸的）、烤肉、及小米（grits）煮成水溚溚的，調以牛油，便這麼吃。他們也吃蔬菜，但吃的是粗菜，像蘿蔔葉（turnip green），有時喜歡與豬肉同煮。紅頸是絕對的種族主義者，他們絕對不喜歡黑人，但對於黑人吃的靈魂菜（soul food），有時也會越界去嘗一嘗。靈魂菜中的炸魚、barbecue他可能不介意吃；豬腸嘛，他或許還未必懂得欣賞。

連鎖速食店興起後，由於有些店開得寬大光亮，紅頸們有時以進一家Arby's或Hardee's這樣的速食店當作他們週六晚的高級節目。「高級」，如同他們對保齡球館之感受。

有一些名字，似乎特別受到紅頸們的獨鍾。男人常起名叫Bubba，Slick，Ace，Rusty等這類幾乎不太正式的名字，或一些古風卻今日聽來稍顯造作之名如Melvin，Leroy，Alvin等，再就是他們用頭一字母做代號，有一種部隊感或幫中規格型號感，如T.J.，L.W.，等等。

女人的名字也極富特色。她們喜歡雙名，像Billy Jean，Lou Ann，Peggy Joe，Sue Ellen，Lawanda Kay等這些極具鄉村情趣名字；這些名字在農莊上呼叫倒是完全不會不自然，像一個媽媽開口叫喚：「Peggy Joe，幫我把那籃四季豆拿到廚房來好嗎？」確很得宜，但是她在紐約曼哈頓的金融公司同事喚她Peggy Joe還真有點怪怪的味道。另外她們喜歡的名字是Loretta，Ginny，LaBelle，Mavis，Flo，Rose等極富南方氣的名字。再就是她們有太多的Jodie，Bobbie，Billie；甚至有Johnnie等有時讓人分不清是男是女的名字。

男子漢氣概，愛國心，這些皆是南方封閉下的紅頸們自然因襲的固有品質，於是他愛槍，同時愛提貨卡車；即使他甚少打獵及搬貨。可以說，拓荒居民是紅頸的遠方祖先；因此當一個現代的紅頸舉起長槍，眼前的情勢似乎立刻上溯到南北戰爭時的戰場或是在草萊未闢的山林裏瞄準野獸之剎那。七十年代初的電影《激流四勇士》（*Deliverance*），山上兩個紅頸，在森林中隨時扛著他的槍，見到外地人來此急流泛舟，也矢意將他們當成獵物，擒住其中一人，便要予以雞姦。這已是山裏野蠻人之舉了。

提貨卡車，尤其是裝有槍架的提貨卡車，是標準的紅頸意象。他們迷上這種形式的車，不只是便於他們農工上的使用，大約也有些拓荒時代篷車的遺緒吧。有些人為了強化卡車的威力感，還把車子架高、車輪加大，這樣開在路上，有一點像把農莊上的曳引機開出田裏一樣。

紅頸喜歡在前院修他的車。有時車引擎一吊起就吊在樹幹上好一陣子，幾星期或甚至幾個月他也不管。你開車經過有些南方住宅區不時會見著這種景象。這種景象最能打擊當地房地產市場的意願。

紅頸是一種性格類型。並不只在於某些職業裏。他可以在任何營生之中。例如一個警察，可以是一個紅頸警察（redneck cop），他的正義感可以受他的紅頸文化觀念所引導。另外像紅頸廚子、紅頸卡車司機、紅頸灰狗駕駛，紅頸motel老闆，紅頸搖滾歌手等皆可，並非只有紅頸農夫或紅頸粗活工人而已。也於是在南方公路上被紅頸警察攔下，有時情況不一定比遇上紅頸農夫要好。

電影《*Mississippi Burning*》中的南方警察，在六十年代民權運動方興之時，殺人也做得出手。五十年代，歐洲來的攝影大師Robert Frank開車在阿肯梭州時，被警察攔下，關進警察局裏，查問他是否是共產黨。為的是他的汽車牌照是紐約州的，並且他「頭髮沒剪、鬍子沒刮、需要洗澡」。

歐洲來的遊子，坐在灰狗最後三排准許吸菸區裏，聽著司機操著好笑的南方口音，談笑風生，以為拿起大麻熏上一根沒什麼關係，沒想到司機真聞到了不說，還將之送到警局。硬是這麼堅持原則，硬是這麼嫉惡如仇。

紅頸一字，被外界人援用，往往呈示出他的危險性。假如他比較「上道」，除了愛國心與對南方的愚忠及傳統的保守價值觀之外，他還能知書尚禮，馴化粗野，那麼他就進級成為good ole boy。

good ole boy這字，直譯大約是「好兒郎」。若再傳神一點，或許以昔日中國北方的「好樣的」相譯，得更貼近。

前美國總統吉米・卡特的哥哥比利・卡特（Billy Carter），除了是花生農，又是加油站老闆外，還自認是一個「好樣的」。他說，一個good ole boy，是開著pickup truck到處繞，喝啤酒，喝完後把罐子丟進袋子裏。而一個redneck，是開著pickup truck到處繞，喝啤酒，喝完後順手把罐子扔出車窗外。

（一九九〇年六月一日《中時晚報》刊）

德州如此之大，竟然選走的一條路，會經過一個叫China的小鎮。買了一張空白明信片，蓋上郵戳，以誌來過。

附錄

once upon
a highway so long

硬派旅行文學

文／詹宏志

在閱讀多達一百多篇的「長榮寰宇文學獎」決審作品時，我發現我自己不自覺地在尋找某種作品，那是一種vintage traveler's voice，一種老練的旅行者的聲音。

就像那些偉大的旅行作品一樣，那裏頭有一種滄桑世故的味道，也許他所見的世界已多，奇景妙觀未必能引起他的贊歎，他的身影走在一般人不易也不願行走之地，因而顯得特別巨大或特別渺小。他的作品本身應當是紀實的，不錯，這正是旅行文學的根本，不然豈不是變成了〈格列佛遊記〉？或者成了漫天大謊的〈福爾摩啥〉？作品也應有經驗轉化成思考的層面，不然和公式的船長日記或飛行紀錄又何以別？

我想像中有兩種旅行文學作品，一種也許可以稱為「硬派旅行文學」（hard-core travel narrative），像是當今最後的偉大探險家威福瑞・塞西格（Wilfred Thesiger）的作品，或者像是最近台灣有譯本的《阿拉斯加之死》（*Into the Wild*）的作者Jon Krakauer，他們的文學之所以偉大，是因為先有了偉大的旅行；另一種也許我們可以稱為「軟派旅行文學」，它以敘事文學為主，但敘事中包含了一場引人深思的旅行，這場旅行也許沒有那麼超凡入聖，但觀察本身卻見人所未見，旅行家Jan Morris或是最近紅遍英語世界的Bill Bryson，可算是這樣的作品。

不管是出生入死的搏命旅行文學，還是內斂深刻的異世界反省者，他們的旅行其實都不輕鬆，都不是休閒（以便能投入再生產）或尋歡（不管哪一種）的觀光客之旅，他們大都是意志堅定的尋覓者，追求內在或外在答案的人。

懷著這樣的想像，當我讀著這些決審作品時，委實吃了一驚，因為台灣的旅行文學還不是這種面貌，作品中還有很大的比例是來自參加旅行團的觀光客，就算中間有若干自助旅行者，他們對旅行的了解和體會顯然也才起步。我想了一想也就釋然，台灣海禁初開，旅行者也才開始摸索呢，旅行文學傑作的譯介也才萌芽，初期的創作文學稚嫩好笑，又何足病？如果我們看到這一百多篇文章所覆蓋的地理範圍之廣，豈不是又令人對未來的旅行敘述充滿著期待。

用這個觀點來讀這次的得獎作品〈遙遠的公路〉，就覺得加倍的珍貴，因為這篇作品鶴立雞群般地成熟，完全是一位老練的旅行者的聲音；作者顯然見聞已多，深知「在路上」的滋味，他不是一個初入大觀園的獵奇者，相反的，他知道的東西太多，卻說得很少，處處流露出意溢於言的低調來。

這篇文章有著「公路電影」式的景觀和意趣，一位駕駛人，顯然已經在美國大平原的公路上奔馳了數千哩，地點雖然不斷更新，所有的事物卻已經重複了又重複，他仍然可以有新發現和新體會，但更多的是歸納式的理解；所謂美國，無非是一個老式的橡木卡座，所謂美國，是一條不斷延伸不斷變換景觀的公路，或者所謂美國，只是有著一條叫 Main Street 的小鎮。這種化約式的感受，也許只有投資了青春在旅行，投資了力氣在流浪的人才能取得。而他的體會，已與蜻蜓點水的觀光客完全不同；當我讀到作者說：「常常幾千哩奔馳下來，只是發現自己停歇在一處荒棄的所在。」這就是我想像的 a vintage traveler's voice。

在台灣這樣新開啟的旅行時代裏，為什麼會單獨出現一位格外成熟的旅行者？理由可能不容易追究，但有著這樣的作品，離我想像的硬派旅行文學作品，大約是不遠了。

（本文刊於一九九八年九月號《聯合文學》，為作者擔任第一屆「長榮寰宇文學獎」所撰決審意見。）

文學森林 LF0133

遙遠的公路

作者

舒國治

散文家。一九五二年生於臺北。先習電影，後注心思於文學。

六十年代薰陶於西洋與日本電影並同搖滾樂而成長的半城半鄉少年。與文學相較，影像與真實生活影響他更多。七十年代原有意創作電影，但終只能步入寫作，卻成稿不多。

一九八〇年舒國治以短篇小說〈村人遇難記〉獲第二屆「時報文學獎」，登場文壇。一九八三至一九九〇，七年浪跡美國，居無定所，遊經之州，凡四十四。自此之後，旅行或說飄泊，開始如影隨形，一九九七以〈香港獨遊〉獲第一屆華航旅行文學獎首獎，一九九八又以〈遙遠的公路〉獲長榮旅行寰宇文學獎首獎。遊記中擅寫庶民風土、讀書遊藝、吃飯睡覺、道途覽勝，有時更及電影與武俠。文體自成一格，文白相間，人稱「舒式風格」。

一九九〇年返臺後，被「臺灣新電影」導演順手抓去安插在不重要一角色，遂出現在楊德昌《牯嶺街少年殺人事件》、《一一》，余為彥《月光少年》，侯孝賢《最好的時光》、《刺客聶隱娘》片中。二〇〇〇年以《理想的下午》一書，另闢旅行書寫文人風格，一時蔚為風潮。

出版有《讀金庸偶得》、《臺灣重遊》、《理想的下午：關於旅行也關於晃蕩》、《門外漢的京都》、《流浪集：也及走路、喝茶與睡覺》、《臺北小吃札記》、《窮中談吃》、《水城臺北》、《臺灣小吃行腳》、《宜蘭一瞥》、《臺北游藝》、《雜寫》等。

封面設計 蔡佳豪
編輯協力 詹修蘋、陳柏昌
行銷企劃 楊若榆、李岱樺
版權負責 李佳翰
副總編輯 梁心愉
初版一刷 二〇二〇年八月三日
初版三刷 二〇二四年一月四日
定價 新台幣三四〇元

ThinKingDom 新経典文化
發行人 葉美瑤
出版 新經典圖文傳播有限公司
地址 10045臺北市中正區重慶南路一段五七號十一樓之四
電話 886-2-2331-1830 傳真 886-2-2331-1831
讀者服務信箱 thinkingdomtw@gmail.com

總經銷 高寶書版集團
地址 11493臺北市內湖區洲子街八八號三樓
電話 886-2-2799-2788 傳真 886-2-2799-0909
海外總經銷 時報文化出版企業股份有限公司
地址 桃園市龜山區萬壽路二段三五一號
電話 886-2-2306-6842 傳真 886-2-2304-9301

遙遠的公路 / 舒國治著. -- 初版. -- 臺北市：新經典圖文傳播, 2020.08
236面；14×20公分. --（文學森林；YY0233）
ISBN 978-986-99179-3-3（平裝）

863.55 109010150